Petra Schier

Vier Pfoten unterm Weihnachtsbaum

rütten & loening

Petra Schier

Vier Pfoten unterm Weihnachtsbaum

rütten & loening

ISBN 978-3-352-00796-5

Rütten & Loening ist eine Marke der Aufbau Verlag GmbH & Co. KG

1. Auflage 2010

Einbandgestaltung Mediabureau Di Stefano, Berlin
Druck und Binden CPI Moravia Books, Pohořelice
Printed in Czech Republic
www.aufbau-verlag.de

Prolog

Lieber Weihnachtsmann,

ich weiß, es ist erst November, aber ich dachte, wenn ich jetzt schon einen Wunschzettel an Dich schreibe, bist Du vielleicht noch nicht so beschäftigt und hast mehr Zeit. Und die brauchst Du bestimmt auch, weil es echt schwierig ist, meine Mama zu überreden, wenn man etwas will.

Ich möchte so gerne einen Hund haben, aber Mama sagt, das geht nicht, weil wir nur so eine kleine Wohnung haben. Und weil sie dann immer mit ihm rausgehen muss und saubermachen und so. Aber ich wünsche mir so sehr einen Hund! Bitte kannst Du sie nicht überreden, damit sie ja sagt? Ich habe mir auch das ganze Jahr schon ganz viel Mühe gegeben, brav zu sein. Echt! Ich hab immer mein Zimmer aufgeräumt (na ja, nicht immer, aber fast) und den Tisch gedeckt und die Spülmaschine ausgeräumt. Und beim Fußball bin ich auch richtig gut geworden. Tom sagt, ich bin der beste Stürmer in unserer Mannschaft. Ich mag Tom. Er ist ein richtig toller Trainer. Er hat sogar mal als Profi gespielt. Aber jetzt ist er Lehrer, was ich ein bisschen ätzend finde. Na ja, wenigstens Sportlehrer. Er ist total nett, und deshalb wollte ich Dich auch noch fragen, ob Du, wenn Du schon dabei bist, auch machen kannst, dass meine Mama und er sich mal kennenlernen. So richtig, meine ich. Mama hat ihn noch nie getroffen, weil ich immer mit Mario und seinem Papa zum Training fahre. Ich hab ja keinen Papa. Also, ich hab schon einen, aber der ist irgendwo in Amerika, jedenfalls sagt Mama das. Mir ist das egal, weil wenn er mich nicht mag, kann er ja bleiben, wo der Pfeffer wächst. So was sagt Marios Papa immer. Aber meine Mama ist, glaube ich, nicht gerne allein. Also ohne Mann, meine ich. Und weil ich auch gerne so einen Papa hätte wie Mario, hab ich mir überlegt, dass Mama und Tom gut zusammenpassen würden. Damit Du es gleich weißt, ich hab sie schon gefragt, ob sie mal mit ihm ausgehen würde. Zuerst hat sie gelacht, aber dann hat sie gemeint, sie möchte sich mit keinem Mann treffen. Ich glaube, sie ist noch immer sauer, weil mein Papa sie damals einfach sitzengelassen hat, obwohl ich schon unterwegs war. Und jetzt mag sie gar keine Männer mehr. Das finde ich doof, weil sie doch Tom gar nicht kennt. Kannst Du mir da also auch noch helfen? Das fände ich echt cool. Ich stelle Dir auch wieder einen ganz großen Teller Plätzchen auf die Fensterbank, wenn Du Heiligabend bei uns vorbeikommst. Und wenn ich den Hund kriege, brauchst du mir auch gar keine anderen Geschenke mitzubringen. Außer vielleicht das neue Bundesliga-Jahrbuch und die neuen Fußballschuhe, die ich im Katalog gesehen habe.

Jetzt muss ich aber schnell noch meine Mathe-Hausaufgaben machen, bevor Mama aus dem Geschäft rauf kommt.

Ich hoffe, die E-Mail ist jetzt nicht zu lang.

Bis dann, dein Lukas

P. S. Es muss auch kein großer Hund sein.

1. Kapitel

»Ach, Mutti, was machst du bloß für Sachen!« Kopfschüttelnd schloss Tom Winkmann die Wohnungstür auf und trat beiseite, um seiner Mutter den Vortritt zu lassen. Dann folgte er ihr und sah sich in dem hellen Appartement neugierig um.

»Ist es nicht schön hier?«, fragte Lina Winkmann, ohne auf seine Worte zu reagieren. »Die alten Möbel aus meiner Wohnung gebe ich fast alle an den Secondhand-Laden ab. Und mit dem Rest haben wir dann nicht mehr viel Arbeit. Was meinst du? Ich könnte schon am kommenden Montag umziehen.«

Tom seufzte. »Mutti, du hast gerade einen Herzanfall hinter dir. Willst du dich nicht noch ein bisschen schonen?«

»Ach was, schonen.« Lachend winkte seine Mutter ab. »Ein ganz leichter Anfall war das. So was kommt vor, wenn man auf die Siebzig zugeht. Und hier im Seniorenhaus Lichtblick wird es mir ja an nichts fehlen. Deshalb habe ich mich doch für das betreute Wohnen entschieden, mein Junge. Wie ist es also, hast du nächste Woche ein bisschen Zeit, mir beim Umzug zu helfen?«

»Du gibst ja sonst doch keine Ruhe.« Um Toms Mundwinkel zuckte es. »Also gut, am Montagnachmittag habe ich keinen Unterricht. Das lässt sich also einrichten. Ich frage Leon, ob er auch mithelfen kann.«

»Das habe ich schon erledigt«, sagte Lina mit einem Zwinkern. »Er hat nichts dagegen. Ich hätte ihm und Hannah auch gerne Ruprecht anvertraut, aber sie haben ja schon einen Hund und jetzt, wo Hannah hochschwanger ist, will ich sie nicht zusätzlich damit belasten. Es war schon ausgesprochen lieb von ihnen, Ruprecht zu nehmen, solange ich im Krankenhaus bleiben musste. Aber jetzt ...« Sie wurde wieder ernst. »Ich möchte mein Schätzchen nicht ins Tierheim geben, Tom. Er hat mir fast vier Jahre Gesellschaft geleistet. Du weißt, dass ich ihn als winzigen Welpen bekommen habe. Ich könnte es nicht ertragen, wenn er im Tierheim leiden müsste.«

»Mutti, im Tierheim muss ein Hund nicht leiden.«

»Du weißt schon, was ich meine.« Lina sah ihren Sohn streng an. »Ich würde ihn liebend gerne behalten, aber hier im Haus sind Hunde nicht erlaubt. Nur Hamster oder Wellensittiche.«

Wieder seufzte Tom. Dem unglücklichen Ausdruck, der in die Augen seiner Mutter getreten war, hatte er nichts entgegenzusetzen. Außerdem mochte er den kleinen Terriermischling Ruprecht ebenfalls gern. »Ich nehme ihn«, beschloss er und trat an eines der großen Fenster, die zum Stadtpark hinaus zeigten. Die Blätter der Kastanien- und Ahornbäume hatten sich gelb und braun verfärbt, und die Bäume warfen ihr Herbstkleid allmählich ab. Die nachmittägliche Herbstsonne ließ das Laub auf den Gehwegen golden aufleuchten.

»Macht es dir auch wirklich nichts aus, Tom?« Lina trat hinter ihn und legte ihm eine Hand auf den Arm.

»Wir können ihn ja schließlich nicht einfach abschieben, nicht wahr?« Er lächelte schwach.

Lina blickte nun ebenfalls über den Park hinweg, auf dessen Wegen vereinzelte Spaziergänger zu sehen waren. »Ruprecht ist ein pflegeleichter Hund, das verspreche ich dir. Und er wird dir ein bisschen Gesellschaft leisten. Du bist viel zu oft allein.«

»Mutti.« Tom schüttelte den Kopf. »Ich bin vormittags in der Schule und an zwei Tagen in der Woche auch nachmittags. Da muss ich mir noch etwas einfallen lassen. Vielleicht kann Leon ab und zu nach dem Hund schauen. Ist ja nicht weit von ihm zu mir. Und zweimal wöchentlich trainiere ich die Fußballmannschaft. Von Alleinsein kann da wohl keine Rede sein.«

»Ach, Tom.« Lina gab ihrem Sohn einen flüchtigen Kuss auf die Wange und zupfte ihn spielerisch an seinen blonden Locken, die er im Nacken zu einem Zopf zusammengebunden trug. »Dir fehlt eine Frau.«

Tom schmunzelte. »Keine Verkupplungsversuche bitte.«

»Mit wem sollte ich dich wohl auch verkuppeln wollen?« Lina tat entrüstet, lachte dann aber. »Du wirst schon noch die Richtige finden. Lass dir mit der Suche aber nicht zu lange Zeit. Sonst sind die besten Frauen irgendwann alle vergeben.«

»Lass das mal meine Sorge sein, Mutti. Wie ist es, soll ich dich jetzt zurück zu deiner Wohnung fahren?«

»Ja, bitte tu das. Aber lass uns vorher noch die Wand im Bad ausmessen, damit ich weiß, ob mein Wäscheschrank dort hineinpasst.«

»Komm schon, Lukas, beeil dich! Herr Marbach wird gleich hier sein.« Tessa Lamberti schüttelte das Fußballtrikot ihres neunjährigen Sohnes aus, faltete es und packte es in den Rucksack zu seinen Fußballschuhen. »Was treibst du denn so lange?«

»Ich komm ja schon. Hab nur schnell noch Mathe fertiggemacht.«

»Bist du mit den Hausaufgaben jetzt auch ganz fertig?«

»Ja, Mama.« Leicht genervt verdrehte Lukas die Augen. »Wir hatten heute nur Mathe auf.« Als es draußen vor dem Haus hupte, schnappte er sich seinen Rucksack. »Warum kommst du nicht mal mit zum Training? Das ist total lustig, und du könntest mal mit Tom reden und so. Er ist wirklich cool, Mama.«

»Lukas, du weißt, dass ich heute keine Zeit habe.« Tessa wuschelte ihrem Sohn durch den lockigen Blondschopf, der so wenig Ähnlichkeit mit ihrem eigenen kastanienbraunen Haar hatte, das nur in leichten Wellen auf ihre Schultern fiel. Dann knuffte sie ihn liebevoll gegen den Arm. »Ich muss noch die Abrechnungen für diesen Monat machen und die Lohnabrechnung für Pierre. Er soll doch schließlich pünktlich sein Geld bekommen, oder etwa nicht?«

»Doch, schon.« Lukas zog einen Flunsch. »Aber wenn du nie mit zum Training kommst, schnappt sich irgendwann eine der anderen Mütter Tom. Da sind welche, die sind geschieden und die sind in den Pausen ständig um ihn rum. Die haben Torschlusspanik, sagt Marios Papa. Aber wenn sie so weitermachen, hat eine von ihnen vielleicht Glück, und er geht mit ihr aus. Tom meine ich. Und dann guckst du in die Röhre.«

»Jetzt aber raus mit dir!« Tessa lachte und hielt dem Jungen die Tür auf. Amüsiert blickte sie ihm nach, wie er die Treppe hinabhüpfte und die Haustür aufriss. Augenblicke später hörte sie das Auto von Leon Marbach davonfahren. Sie war froh, dass Lukas so rasch Anschluss gefunden hatte. Erst vor knapp einem halben Jahr war sie in die hübsche Kleinstadt gezogen und hatte kurz darauf ihren Blumenladen eröffnet. Sie hatte ein Ladenlokal gekauft, das nicht nur in einem wunderhübsch restaurierten alten Fachwerkgebäude lag, zu ihrem Glück gab es im oberen Stockwerk auch noch die kleine Zweizimmerwohnung, die sie mit ihrem Sohn beziehen konnte. Auf diese Weise war sie tagsüber immer in der Nähe und konnte ein Auge auf Lukas haben. Und wenn er Sorgen oder ein Problem hatte, war sie immer nur ein paar Treppenstufen von ihm entfernt.

In Mario Marbach hatte er einen Klassenkameraden und Freund gefunden, der ebenso fußballverrückt war wie er selbst. Dass Lukas außerdem so gut mit dem neuen Trainer zurechtkam, war ein weiterer Pluspunkt. Tessa hatte zwar keine Absicht, um diesen Tom herumzuschwänzeln, wie es offenbar einige der anderen ledigen Mütter taten, aber da er nun schon seit Beginn des neuen Schuljahres die Mannschaft ihres Sohnes trainierte, war es wohl an der Zeit, doch einmal zu einem Training mitzugehen. Immerhin war sie ein bisschen neugierig geworden, denn Tom schien großen Eindruck auf Lukas zu machen. Vielleicht lag es aber auch nur daran, dass ihrem Sohn eine Vaterfigur fehlte, an der er sich orientieren konnte. Tessa erzog Lukas seit seiner Geburt allein, sein Vater war fortgegangen, ohne von ihm zu wissen.

Übelnehmen konnte sie ihm das nicht, immerhin hätte sie ihm schreiben und von ihrer Schwangerschaft berichten können. Aber sie hatte es unterlassen, weil sie seinen hochfliegenden Ambitionen nicht hatte im Weg stehen wollen. Er war nach Übersee gegangen, wo man ihm einen mehrjährigen Vertrag als Fußballprofi angeboten hatte. Und das war vermutlich das Einzige, was ihn je mit seinem Sohn verbinden würde: die Liebe zum Fußball. Dabei sollte es, wenn es nach ihr ging, auch bleiben.

Und auch Lukas' Versuche, sie zu einem Date mit diesem Wundertier von Trainer zu überreden, würde sie tunlichst ignorieren. Eine traurige Erfahrung mit einem Sportler reichte doch wohl. Sie hatte nicht vor, den gleichen Fehler zweimal zu begehen.

2. Kapitel

»Santa, wir haben hier einen Notfall«, schnarrte es aus der Gegensprechanlage. »Das Fließband in der Verpackungsanlage streikt schon wieder.«

Santa Claus, auch als Weihnachtsmann bekannt, stand seufzend von seinem Schreibtischstuhl auf. »Ich komme schon, Elf-Eins. Hast du Elf-Dreizehn schon erreicht?«

»Er ist noch mit dem neuen Schlitten auf Probefahrt unterwegs.«

»Also gut, ich bin gleich da.« Santa Claus griff nach der Arbeitsjacke, die am Garderobenhaken hing, und warf einen Blick in das Vorzimmer seines Büros. Dort saß seine Frau zusammen mit einer Elfe an einem weiteren Schreibtisch und sortierte die Post. »Schatz, ich muss rüber in die Verpackungsstraße. Das Fließband ist schon wieder ausgefallen. Würdest du bitte die heutigen Wunschzettel-E-Mails ausdrucken? Es sind jetzt schon über zwanzig Stück.« Er strich sind nachdenklich durch den Bart. »Es scheint, als fingen die Kinder immer früher mit dem Wünschen an.«

Seine Frau lächelte ihm zu. »Das kommt dir doch jedes Jahr so vor. Aber meistens sind es nur die Kinder mit den besonders großen Wünschen, die schon im Oktober und November an dich schreiben.«

Santa Claus nickte. »Ich hoffe, ich kann ihnen wenigstens einen Teil ihrer Wünsche erfüllen.« Damit verließ er das Vorzimmer in Richtung seiner Geschenke-Fabrik.

Santas Frau stand auf und wollte gerade das Büro ihres Mannes betreten, als eine Klingel durch das Haus schrillte. »Ach je, meine Kekse sind fertig!«, rief sie und wandte sich an die kleine Elfe, die sich in Santas Büro zu seiner Assistentin ausbilden ließ. »Elfe-Sieben, kannst du dich bitte um die E-Mails kümmern? Ich möchte nicht, dass das Gebäck zu dunkel wird.«

»Aber klar doch!« Die kleine Elfe strahlte. »Das mache ich doch gern. Geh nur in die Küche. Die Kekse duften schon ganz wunderbar.«

Nachdem Santas Frau hinausgeeilt war, betrat die Elfe das Büro des Weihnachtsmannes und blickte sich wie immer staunend um. Sie hatte sich um den Posten in seinem Vorzimmer beworben, weil sie die Arbeit in den Spielzeug- und Verpackungsfabriken langweilig fand. Hier, in der Zentrale des Weihnachtsmannes, war es viel spannender. Die vielen

Wünsche, die in der Vorweihnachtszeit per Post und per E-Mail hier ankamen, und das geschäftige Gewusel der Elfen, die dabei halfen, sie zu erfüllen, all das war immer wieder neu und aufregend.

Und dann die riesige Wand gegenüber dem Schreibtisch, auf der unzählige Video-Bildschirme angebracht waren. Santa Claus konnte von hier aus sämtliche Orte auf der Welt überwachen, an denen sich jemand etwas bei ihm gewünscht hatte. Momentan waren die Bildschirme jedoch noch außer Betrieb. Sie würden erst in einer oder zwei Wochen eingeschaltet werden, nachdem Elf-Dreizehn die nötigen Wartungen durchgeführt hatte.

Elfe-Sieben ging zum Schreibtisch des Weihnachtsmannes und warf einen Blick auf den Computerbildschirm. Santa Claus hatte das E-Mail-Postfach bereits geöffnet. Es enthielt tatsächlich schon über zwanzig Wunschzettel-Mails. Gerade eben trudelte noch eine weitere ein. Rasch machte sich die Elfe daran, jede E-Mail auszudrucken. Dann legte sie die Wunschzettel dazu, die heute per Post eingetroffen waren, nahm einen Hefter aus dem Schrank und beschriftete ihn sorgfältig mit dem heutigen Datum. Gerade als sie die Briefe und Ausdrucke lochen wollte, hörte sie ein Geräusch an der Tür.

»Hm, was riecht denn hier so lecker? Werden da etwa Kekse gebacken?«

Erschrocken sprang Elfe-Sieben auf. »Rudolf, was machst du denn hier drinnen?«, rief sie und eilte auf das Rentier mit der lustig rot leuchtenden Nase zu. »Du weißt doch, dass du hier nichts verloren hast. Geh sofort wieder nach draußen zu den anderen Rentieren!«

Rudolf bedachte die Elfe mit einem unschuldigen Blick. »Aber Blitz und Donner haben mich doch geschickt. Sie haben behauptet, es gäbe leckere Kekse. Ich hab ihnen erst nicht geglaubt, aber jetzt rieche ich es doch selbst. O bitte, bitte, können wir von den Keksen welche haben?«

Die kleine Elfe schüttelte streng den Kopf, griff nach Rudolfs Halfter und führte ihn sanft aus dem Büro hinaus. »Falls Santas Frau die Kekse für euch gebacken hat, wird sie euch schon welche nach draußen bringen. Aber ihr wisst genau, dass sie es nicht leiden kann, wenn ihr bettelt. Also los, geh zu den anderen zurück. Ich frage sie später, ob ihr ein paar Kekse bekommt.«

»Na gut, dann verhungern wir eben.« Rudolf ließ den Kopf hängen, doch in seinen Augen blitzte der Schalk, so dass Elfe-Sieben herzlich lachte.

»Jetzt aber wirklich raus mit dir, sonst kriege ich noch Ärger!« Als sie sicher war, dass Rudolf das Haus verlassen hatte, ging sie rasch zurück zum Büro. Sie hatte die Tür offen stehen gelassen, und gerade, als sie das Zimmer betreten wollte, fegte ein Windstoß durch das auf Kipp stehende Fenster herein. Die offene Tür verstärkte den Luftzug und binnen Sekunden wirbelten unzählige Papiere und Ausdrucke durch das Büro.

»O nein!«, rief die Elfe entsetzt und versuchte, ein paar der Papiere aufzufangen – ohne Erfolg. »So was Blödes!« Nachdem sich der Wind so schnell gelegt hatte, wie er aufgekommen war, machte sie sich seufzend daran, das entstandene Chaos wieder zu beseitigen.

3. Kapitel

»Wirst du wohl die Banane wieder hergeben!«, schimpfte Tom und versuchte, den quirligen Ruprecht an der Leine zu sich heranzuziehen. Der Hund hüpfte jedoch so fröhlich mit seiner Beute auf und ab, dass es Tom nicht gelang, sie ihm wieder abzunehmen. »Das war mein Essen«, grummelte Tom und gab es auf.

Ruprecht ließ sich auf sein Hinterteil sinken, legte die Banane vor sich ab und machte dann mit einem freundlichen Hundelächeln Männchen.

Wider Willen musste Tom lachen. »Nein, vielen Dank, mein Freund. Jetzt darfst du sie behalten. Hast ja sowieso schon hineingebissen.«

»Hi, Tom«, hörte er hinter sich zwei Jungenstimmen rufen. Als er sich umdrehte, kamen die beiden auf ihn zugerannt. Er lächelte. »Hi, Mario, hi, Lukas. Ihr seid ja früh dran heute. Alles klar?«

»Alles klar«, rief Mario. »Ich geh mich schon mal umziehen. Kommst du mit, Lukas? Wenn wir uns beeilen, können wir schon vor den anderen auf dem Platz sein.«

»Ja, gleich.« Im Gegensatz zu Mario blieb Lukas neugierig stehen, als er den Hund erblickte. »Ist das deiner?«, fragte er Tom, woraufhin dieser nickte.

»Ja, seit heute. Er hat meiner Mutter gehört, aber sie ist umgezogen und darf jetzt in der neuen Wohnung keine Hunde halten.«

»Wie gemein«, befand Lukas und beugte sich zu Ruprecht hinab. »Der ist aber süß.«

»Allerdings«, antwortete Tom grimmig. »Und ganz schön frech. Er hat meine Banane geklaut.«

»Echt?« Lukas kicherte. »Ich wusste gar nicht, dass Hunde Bananen fressen. Darf ich ihn streicheln?«

»Sicher, er beißt nicht.«

Sofort ging Lukas in die Hocke und strich dem kleinen Terriermischling über den Kopf. »Er sieht lustig aus mit der weißen Nase und den braunen Flecken um die Augen. Wie heißt er denn?«

Tom ging ebenfalls in die Hocke. »Ruprecht, wie der Knecht Ruprecht.«

»Das ist aber ein komischer Name.«

Tom lachte. »Ich weiß. Meine Mutter hat ihn so genannt, weil sie ihn genau am Nikolaustag vor vier Jahren als Welpen aus dem Tierheim geholt hat.«

»Warum hat sie ihn dann nicht Nikolaus genannt?«, wollte Lukas wissen.

In diesem Moment sprang Ruprecht mit einem auffordernden Bellen auf und sprang den Jungen an, so dass dieser vor Überraschung hintenüber kippte und auf dem Hosenboden landete. Ruprecht hüpfte auf seinen Bauch und schleckte ihm mehrmals übers Gesicht, bis Lukas laut lachte.

»He, he, Schluss jetzt, du Frechdachs«, schimpfte Tom und zog Ruprecht an der Leine von dem Jungen herunter. Dann reichte er Lukas die Hand und half ihm aufzustehen. »Ich schätze, deshalb hat sie ihn so genannt. Ein Nikolaus würde so was bestimmt nicht tun.« Er blickte sich um, als noch weitere Jungenstimmen laut wurden. »Da kommen die anderen. Los, geht euch umziehen. Das Training fängt pünktlich an.«

»Okay.« Lukas warf dem kleinen Hund noch einen sehnsüchtigen Blick zu. »Darf ich nach dem Training noch ein bisschen mit ihm spielen?«

Tom nickte ihm zu. »Vielleicht. Wenn es deinen Eltern nicht zu spät wird.«

»Nö.« Lukas schüttelte den Kopf. »Marios Papa holt uns doch immer ab. Er hat bestimmt nichts dagegen.«

Als Tessa das Auto vorfahren hörte, zog sie rasch die Töpfe von den Kochplatten, schaltete den Herd ab und wischte sich die Hände an einem Küchenhandtuch ab. Normalerweise kochte sie abends nicht, doch nachdem sie Lukas schon nicht den Gefallen hatte tun können, mit ihm zum Training zu fahren, hatte sie kurzerhand beschlossen, ihm wenigstens sein Lieblingsessen – Spaghetti Carbonara – zuzubereiten. Ihr Mitarbeiter und bester Freund, Pierre Roussel, hatte vor einer halben Stunde den Laden unten abgeschlossen und war nach Hause gegangen. Sie rechnete es ihm hoch an, dass er Überstunden gemacht hatte, damit sie ihrem Sohn eine Freude bereiten konnte. Die Lohnabrechnung würde sie nach dem Essen fertigstellen.

Sie hörte bereits die Schritte ihres Sohnes auf der Treppe poltern, und kaum hatte sie die Wohnungstür geöffnet, da wirbelte er auch schon herein und warf seinen Rucksack schwungvoll in die Ecke unter der Garderobe. »Hey, Mama! Heute war es sooo toll beim Training«, schwärmte er. »Du hast echt was verpasst. Tom hatte seinen neuen Hund dabei.

Ein Jack-Russel-Mischling. Der ist total süß und witzig und kann sogar Kunststücke. Und dann haben wir zwei neue Spielzüge geübt. Ich hab drei Tore geschossen. Aber der Hund war so witzig. Er hat Toms Banane geklaut. Wusstest du, dass Hunde Bananen mögen? Nach dem Training durfte ich noch mal mit ihm spielen und dann ...« Mitten in seinem Redeschwall hielt er inne und schnüffelte. Seine Augen wurden kugelrund. »Hast du Spaghetti Carbonara gemacht?«

Tessa lächelte über sein verblüfftes Gesicht. »Ja, Schatz, extra für dich.«

»Yeah!«, schrie er begeistert auf und wollte in die Küche stürmen.

Tessa bekam ihn gerade noch am Ärmel seines Sweatshirts zu fassen. »Halt, mein Freund. Erst Hände waschen!«

»Okay.« Wie der Blitz rannte Lukas ins Bad. Erst jetzt merkte Tessa, dass Marios Vater in der Wohnungstür stand und sie lächelnd anblickte.

»Entschuldigung, Herr Marbach.« Rasch trat sie auf ihn zu. »Wenn es um Spaghetti Carbonara geht, ist er nicht zu halten.«

»Das kommt mir irgendwie bekannt vor«, antwortete er grinsend. »Bei uns löst das magische Wort ›Spaghetti-Pizza‹ ähnliche Begeisterungsstürme aus. Aber sagen Sie doch bitte Leon. Wir kennen uns doch schon lange genug, nicht wahr? Und dann können wir auch gleich zum Du übergehen, finde ich.« Er zwinkerte ihr zu.

»Also gut, wie Sie ... äh ... wie du meinst.« Tessa nickte.

»Lukas wird dir vermutlich den ganzen Abend mit dem Hund in den Ohren liegen. Er war auf dem Heimweg kaum zu beruhigen. Tom hat ihn heute von uns abgeholt und mit zum Training genommen, weil er ihn nicht gleich am ersten Abend allein lassen wollte.« Als Leon Tessas verständnislose Miene sah, erklärte er: »Der Hund – Ruprecht heißt er – gehörte meiner Tante, Toms Mutter. Sie ist umgezogen und kann ihn nicht behalten, deshalb hat er ihn jetzt zu sich genommen. Für den Übergang war der Hund bei uns, und wir hätten ihn auch gern behalten, aber du weißt ja, dass Hannah im achten Monat schwanger ist. Und wir haben ja schließlich schon einen Hund. Mario und Paula waren zwar ein bisschen enttäuscht, dass wir Ruprecht wieder weggegeben haben, aber ich denke, so ist es besser.«

Tessa nickte. »Ich verstehe. Dann bist du also mit Tom verwandt.«

»So ist es. Er wohnt aber noch nicht lange hier in der Stadt. War vorher viel unterwegs und hat dann in Köln studiert. Jetzt ist er Sportlehrer hier am Gymnasium.«

»Lukas hat mir schon so etwas erzählt«, sagte Tessa. »Leider hatte ich bisher noch keine Gelegenheit, ihn kennenzulernen. Dabei schwärmt Lukas in den höchsten Tönen von ihm.«

»Ach, tatsächlich?« Leon lachte. »Na, Tom ist auch wirklich in Ordnung. Warum kommst du nicht beim nächsten Mal einfach mit zum Training? Hannah lässt übrigens fragen, ob du bei den Vorbereitungen für die Weihnachtsfeier des Sportvereins mithelfen möchtest. Sie sucht noch ein Opfer, das mit ihr zusammen Plätzchen backt.«

»Warum nicht?« Tessa lächelte. »Meine Plätzchen sind berühmt.«

»Ach ja?«

»Ihr werdet schon sehen.«

»Schön, dann sage ich Hannah Bescheid. Sie wird dich dann anrufen, okay?«

»Gern. Ich könnte auch …«

»Mama, komm endlich. Ich hab Hunger!«

Wieder lachte Leon. »Es scheint, als müsstest du jetzt erst mal die Raubtierfütterung hinter dich bringen. Unten im Auto sitzt noch so ein gefräßiges Kind. Ich hoffe, Hannah ist schon zu Hause. Sie hatte noch einen späten Arzttermin und wollte danach Paula vom Schwimmtraining abholen. Ich habe nämlich besagte Spaghetti-Pizza im Ofen warmgestellt.«

»Na dann guten Hunger. Viele Grüße an Hannah.«

Leon hob noch einmal kurz die Hand zum Gruß und verließ mit großen Schritten das Haus.

Tessa ging ihm rasch nach und schloss unten ab, dann folgte sie den wiederholten Rufen ihres Sohnes in die Küche. Lukas hatte bereits den Tisch gedeckt und wippte ungeduldig auf seinem Stuhl hin und her, bis sie ihm eine ordentliche Portion Spaghetti und Soße auf den Teller gehäuft hatte. Er stürzte sich darauf, als habe er den ganzen Tag noch nichts gegessen.

»Mama?«, nuschelte er, schluckte dann aber erst den Bissen hinunter, den er im Mund hatte.

»Hm?«

»Ruprecht ist echt ein toller Hund.«

Schweigend nahm sich Tessa ebenfalls eine kleine Portion Nudeln.

»Ist doch nett, dass Tom ihn nimmt, jetzt, wo seine Mutter keine Tiere mehr halten darf, oder?«

»Ja, das ist sehr nett vom ihm«, stimmte Tessa vorsichtig zu. Sie ahnte bereits, worauf ihr Sohn hinauswollte. Deshalb fügte sie bedächtig hinzu: »Aber es ist auch eine große Verantwortung, einen Hund zu halten. Man muss ihn füttern und pflegen und regelmäßig mit ihm spazieren gehen, auch bei schlechtem Wetter. Solche Terrier brauchen ziemlich viel Bewegung.«

»Ich weiß«, sagte Lukas und drehte gekonnt die Spaghetti um seine Gabel. »Tom sagt, er will mit ihm joggen gehen.«

»Eine gute Idee.«

»Mama, ich könnte doch auch mit dem Joggen anfangen, oder?«

Tessa legte den Kopf schräg. Sie wusste, wann Lukas sie aufs Glatteis führen wollte. »Sicher könntest du das. Aber dazu brauchst du ja keinen Hund, oder?«

Lukas verzog die Mundwinkel. »Aber mit einem Hund ist es viel lustiger. Und er kann mich beschützen.« Genießerisch schob er sich die Nudeln in den Mund und kaute ausgiebig. Schließlich blickte er sie mit einem herzerweichenden Blick an. »Bitte, Mama, ich möchte auch gerne so einen Hund haben!«

Tessa seufzte. »Und ich habe dir schon mehrfach erklärt, dass die Antwort nein lautet. Schau dich doch um, Lukas. In so einer kleinen Wohnung sollte man keinen Hund halten.«

»Aber …«

»Und außerdem ist ein Hund kein Spielzeug. Was, wenn du mal keine Lust hast, dich um ihn zu kümmern? Dann kannst du ihn nicht einfach in den Schrank legen wie deine Playstation.«

»Och, Mama!«

»Och, Lukas«, erwiderte sie im gleichen Tonfall und lächelte dann. »Du kannst doch deinen Trainer fragen, ob du hin und wieder mit Ruprecht spazieren gehen oder spielen darfst.«

Lukas' Miene hellte sich auf. »Das könnte ich machen. Ich frage ihn gleich beim nächsten Training.«

4. Kapitel

Gähnend stieg Tom die Treppe ins Obergeschoss seines Hauses hinauf, ohne das Licht anzumachen. Das Training heute war anstrengend gewesen. Nach den Kindern der E-Jugend hatte er noch eine Stunde lang das Team der A-Jugend trainiert und danach noch mit einem Elternpaar über die Zukunftsaussichten ihres talentierten Sohnes gesprochen. Es war also spät geworden, und morgen hatte er gleich um acht die erste Sportstunde. Müde tappte Tom auf seine Schlafzimmertür zu, die halboffen stand. Bevor er jedoch den Lichtschalter fand, trat er auf einen Gegenstand, der unter seiner Fußsohle ins Rollen geriet und dabei leise klingelte. Er verlor den Halt und ruderte erschrocken mit den Armen. Gerade noch rechtzeitig konnte er sich am Türrahmen festhalten, knallte aber mit dem Knöchel gegen die Tür. Fluchend machte er Licht und starrte auf den blauen Plastikknochen, der ihn beinahe zu Fall gebracht hätte. Dann hob er den Kopf und fixierte erbost Ruprecht, der mitten auf dem Bett lag und Tom aufmerksam beobachtete. Sein kurzer Schwanz wedelte lustig hin und her.

»Das findest du jetzt wohl witzig, wie?«, grollte Tom. »Was hast du überhaupt auf meinem Bett zu suchen?«

Ruprecht gab ein Geräusch von sich, das irgendwo zwischen Bellen und Jaulen lag, warf sich auf den Rücken und streckte alle Viere von sich.

»O nein, so nicht.« Tom schüttelte entschieden den Kopf. »Runter mit dir vom Bett! Du hast dein eigenes Körbchen.« Mit strengem Blick deutete er auf den mit einer flauschigen Hundedecke ausgelegten Weidenkorb.

Ruprecht blieb auf dem Rücken liegen, drehte jedoch den Kopf so, dass er Tom ins Gesicht blicken konnte. Als dieser sich nicht erweichen ließ, sprang der kleine Hund wie ein geölter Blitz auf die Füße und hüpfte vom Bett direkt in den Korb.

»Na bitte, warum nicht gleich so?« Zufrieden tätschelte Tom Ruprechts Kopf und legte dann auch noch den Plastikknochen in das Körbchen.

In diesem Moment klingelte das Telefon. Stirnrunzelnd warf Tom einen Blick auf die Uhr, die bereits fast halb elf anzeigte. Dann griff er nach dem Hörer auf seinem Nachttisch. »Wer stört?«, fragte er, obwohl er die Nummer im Display längst erkannt hatte.

»Entschuldige, dass ich so spät noch anrufe«, erklang die Stimme seiner Mutter. »Du weißt, dass das nicht meine Art ist. Aber ich kann einfach nicht einschlafen, bevor ich nicht weiß, ob es Ruprecht gutgeht. Ich habe dich doch nicht geweckt, oder? Du hast montags immer lange Training, oder nicht?«

»Schon gut, ich habe noch nicht geschlafen. Ruprecht geht es ausgezeichnet.« Tom warf einen kurzen Blick in das

Körbchen, in dem sich der Hund zusammengekringelt hatte, und rieb sich dabei seinen Knöchel. »Er hat heute sogar einen neuen Freund gefunden.«

»Ach ja?«

Tom grinste. »Lukas – ein Junge aus meinem E-Jugend-Team. Er war so begeistert von Ruprecht, dass er sich gar nicht von ihm losreißen konnte.«

»Das ist aber nett. Also nimmst du den Hund mit zum Training?«

»Eigentlich nur heute. Aber vielleicht kann ich Lukas dazu bewegen, sich hin und wieder um Ruprecht zu kümmern, wenn ich keine Zeit habe.«

Seine Mutter lachte. »Eine hervorragende Idee, aber jetzt solltest du dich ausruhen, nicht wahr? Du klingst müde. Bis bald!«

»Ja, bis dann.« Tom starrte auf seinen Hörer; seine Mutter hatte bereits aufgelegt. Amüsiert schüttelte er den Kopf und ließ sich rücklings auf die Matratze sinken. Im selben Moment klingelte das Telefon erneut.

Tom griff danach, ohne es anzusehen. »Ja, ich habe ihm auch genug Futter gegeben und einen seiner geliebten Kauknochen«, sagte er grinsend.

»Freut mich zu hören«, antwortete Leon am anderen Ende der Leitung.

Tom stutzte. »Du bist es! Ich dachte, es wäre meine Mutter.«

»Du telefonierst also spät abends noch mit deiner Mutter.« Leons Stimme klang erheitert. »Du enttäuschst mich, mein lieber Cousin. Ich hatte schon die Hoffnung, es sei aus einem anderen Grund bei dir besetzt.«

»Aus was für einem anderen Grund?«

»Rate mal.«

Tom verdrehte die Augen und schwang seine Beine aufs Bett. Er schob sich ein Kissen unter den Kopf. »Fängst du jetzt auch noch damit an? Nur weil du glücklich verheiratet bist, müssen es nicht alle deine Mitmenschen ebenfalls sein.«

»Ich habe ja nicht gesagt, dass du sie gleich heiraten sollst. Ein Date würde fürs Erste auch ausreichen – oder ein abendlicher Telefon-Flirt.«

Argwöhnisch runzelte Tom die Stirn. »Wen meinst du mit *sie?*«

»Na, *sie* eben. Keine Ahnung. Ich dachte, du hättest vielleicht eine Freundin.«

»Nein, habe ich nicht.«

»Warum nicht?«

Tom stieß heftig die Luft aus. »Hör mal, Leon, es ist schon reichlich spät für eine derart sinnentleerte Unterhaltung. Spuck schon aus, weshalb du anrufst.«

»Hannah hat endlich ein Opfer gefunden.«

»Hä?«

»Du weißt schon, jemanden, der mit ihr die Unmengen Plätzchen für die Weihnachtsfeier des Sportvereins backt.«

»Und was habe ich damit zu tun?« Tom runzelte die Stirn. »Ich kann nicht backen.«

»Sollst du ja auch gar nicht. Aber du bist doch im Organisationsteam. Wenn ich mich nicht irre, bist du sogar der Vorsitzende. Sie ist unheimlich nett und hübsch noch dazu.«

»Wer, Hannah? Das weiß ich.«

»Nein, Mensch! Sag mal, willst du mich nicht verstehen?«

Tom schloss leicht genervt die Augen. »Ich verstehe, dass du und meine Mutter offenbar mal wieder beschlossen habt, mich mit irgendeiner ach so netten Frau zu verkuppeln. Ich vermute, es handelt sich um die Mutter eines meiner Kicker. Was ist sie? Zum dritten Mal geschieden? Auf der Suche nach dem gestählten Körper des Ex-Profis, der sie in den siebten Himmel befördern soll?«

»Hast du was getrunken?«, kam es vom anderen Ende der Leitung.

»Nein, ich hab bloß kein Interesse.«

»Du kennst sie doch gar nicht.«

»Eben. Und dabei soll es auch ...« Tom stockte. »Warum kenne ich sie nicht? Wenn sie die Mutter einer meiner Spieler ist, hab ich sie doch ganz sicher schon mal getroffen.«

Leon stieß einen triumphierenden Laut aus. Offenbar freute er sich, dass er Toms Aufmerksamkeit doch noch geweckt hatte. »Hast du nicht. Sie hält sich nämlich weitgehend vom Fußballstadion fern. Keine Ahnung, warum. Vielleicht mag sie den Sport nicht. Aber das ist ja wohl nebenrangig. Ich finde sie sehr nett, und Hannah mag sie auch gern. Sie hat ein Blumengeschäft in der Annastraße, ihr Sohn ist mit Mario und Paula in einer Klasse. Er heißt Lukas ...«

»Lukas Lamberti?«, fiel Tom ihm ins Wort.

»Genau der. Er hat sich doch heute so gut mit Ruprecht angefreundet.«

»Und deshalb glaubst du, dass ich mich ebenso gut mit seiner Mutter anfreunden könnte?« Tom schüttelte entrüstet den Kopf. »Vergiss es. Ich habe jahrelange Erfahrung mit geschiedenen Frauen, die mir hinterherlaufen und von der großen Liebe ins Ohr säuseln. In Wahrheit suchen sie nur einen gut betuchten Mann, der ihnen die teuren Extras bezahlt, wegen denen sie von ihren Ex-Ehemännern verlassen wurden.«

»So ein Quatsch!«, brauste Leon auf. »Sie weiß doch gar nichts von deinem Geld. Und außerdem war sie nie ver…«

»Gute Nacht, Leon.« Tom schaltete das Telefon aus und warf es auf seinen Nachttisch. Dann zog er sich aus und schob sich unter seine Decke. Bevor er das Licht löschte, warf er noch einen kurzen Blick auf Ruprecht, der ihn wieder aufmerksam anblickte und dann mit einem ungeduldigen Laut den Kopf auf seine Pfoten legte.

»Du hältst dich da raus«, brummte Tom und knipste die Nachttischlampe aus.

»Kein Glück?«, fragte Hannah und legte Leon einen Arm um die Hüfte.

Sogleich zog er sie fest an sich. »Er hat einfach aufgelegt.«

»Vielleicht sollten wir ihn mit unseren Verkupplungsversuchen wirklich in Ruhe lassen. Wenn er absolut nicht will …«

»Wenn er nicht langsam eine vernünftige Frau findet, wird er wunderlich«, unterbrach Leon sie. »Ich kann ja verstehen, dass er sich nicht mit einer von diesen Übermüttern abgeben will, die während des Fußballtrainings ständig um ihn herumschwänzeln. Die können einem wirklich auf den Geist gehen. Tom hier und Tom da und hach, mein talentiertes Wundersöhnchen könnte ein Privattraining brauchen …«, gab er in affektiertem Tonfall wieder, was er heute und auch schon früher miterlebt hatte.

Hannah lachte. »Das kann ich mir lebhaft vorstellen. Einige der Mütter kenne ich aus dem Elternbeirat in der Schule.« Sie küsste Leon auf die Wange. »Aber verstehen kann ich sie auch. Tom ist nun mal eine Augenweide, und noch dazu hat er mal als Profi Fußball gespielt.«

»In einem absolut unbedeutenden Verein.«

»So unbedeutend nun auch wieder nicht«, korrigierte Hannah. »Und letztlich ist das auch vollkommen egal. Für viele Frauen ist Fußball eben nur gleichbedeutend mit den Beckhams und Ballacks – und wie sie alle heißen – dieser Welt. Gutaussehende Sportler mit einem fetten Bankkonto.«

Leon runzelte die Stirn. »Denkst du etwa genauso?«

»Ach, weißt du …« Hannah verdrehte schmachtend die Augen, musste dann jedoch wieder herzlich lachen. »Ich habe das doch nicht nötig, wo ich schließlich mit dem feschesten Förster auf diesem Planeten verheiratet bin. Außerdem bist du der einzige Mann, der mich derzeit attraktiv findet. Dafür hast du einen dicken Stein bei mir im Brett.« Sie streichelte zärtlich über ihren stark gewölbten Bauch. »Vielleicht hat eine dieser Möchtegern-Groupies ihm mal das Herz gebrochen.«

Leon, der sie gerade hatte küssen wollen, hielt überrascht inne. »Wie kommst du denn darauf?«

»Keine Ahnung.« Hannah zuckte mit den Achseln. »Das war nur eine Vermutung. Möglich wäre es doch immerhin und eine gute Begründung, weshalb er sich jetzt von allen Frauen fernhält.«

»Tessa Lamberti ist aber kein Möchtegern-Groupie.«

Hannah nickte. »Ich weiß. Vielleicht solltest du sie da

herausshalten oder …« Sie lächelte schelmisch. »Die beiden auf etwas subtilere Weise aufeinander aufmerksam machen.«

»Und wie?«

»Na, zum Beispiel während der Vorbereitungen zur Weihnachtsfeier. Ich lade sie hierher zum Backen ein, und du sorgst dafür, dass Tom sich nicht drückt.« Bedeutungsvoll schwieg sie.

Nun küsste Leon sie doch. »Eine hervorragende Idee, mein Schatz!«

5. Kapitel

»Wo ist denn Ruprecht heute?«, fragte Lukas und sah sich neugierig auf dem Parkplatz vor dem Fußballstadion um.

Tom schloss gerade die Tür zum Eingang des Vereinshauses auf. »Ich hab ihn heute zu Hause gelassen.«

»Oh, schade.«

Lächelnd drehte Tom sich um und musterte das enttäuschte Gesicht des Jungen. »Hör mal, Lukas, ich hätte da eine Bitte an dich.«

»Was denn für eine Bitte?« Sichtlich desinteressiert zuckte Lukas mit den Achseln.

»Ich wollte dich fragen, ob du nicht Lust hättest, dich zwei oder dreimal in der Woche nachmittags für eine oder zwei Stunden um Ruprecht zu kümmern, während ich mich auf den Unterricht vorbereite.«

Der Kopf des Jungen ruckte hoch. »Echt? Ich meine, ich darf … ich soll …« Ein Strahlen trat in seine Augen. »Musst du auch Hausaufgaben machen wie ich?«

Leon schmunzelte. »So in der Art, ja. Ein Lehrer muss sich auch vorbereiten. Und du wärest mir wirklich eine große Hilfe. Natürlich nur, wenn deine Mutter damit einverstanden ist.«

»Ist sie, ist sie!« Erregt hüpfte Lukas auf und ab. »Sie hat mir gesagt, ich soll dich fragen, ob ich nicht mal mit Ruprecht spazieren gehen darf.«

»So, hat sie das?«

»Ja, weil wir doch in so einer kleinen Wohnung wohnen und ich keinen eigenen Hund haben darf.«

»Du wünschst dir einen Hund?«

»Und wie!«, rief Lukas. »Ich will unbedingt einen haben, aber Mama sagt, das geht nicht.«

»Wahrscheinlich hat sie recht. Ein Hund braucht viel Platz zum Laufen und Spielen.«

»Ich weiß.« Kurz ließ Lukas wieder den Kopf hängen, hob ihn aber gleich wieder. »Hast du ein großes Haus?«

Tom lachte. »O ja, größer als ein Mann alleine eigentlich braucht. Und einen großen Garten. Ich wohne draußen am Stadtrand.« Er nannte Lukas die Adresse. »Wenn du magst, komm doch einfach morgen Nachmittag so gegen drei zu mir.«

»Ich frag Mama, ob ich darf«, jubelte Lukas begeistert.

»Sollte es doch nicht klappen, kannst du mich ja anrufen«, schlug Tom vor. »Meine Nummer steht im Telefonbuch.«

»Es muss klappen«, sagte Lukas im Brustton der Überzeugung. »Ganz bestimmt!«

»Ach bitte, Mama, ich hab's Tom versprochen!«

»Lukas, es geht nicht. Ich kann hier jetzt nicht weg.« Bedauernd schüttelte Tessa den Kopf. »Wir können doch nicht einfach den Laden schließen.«

»Ich will aber so gerne zu Ruprecht. Du hast gesagt, ich darf mit ihm spielen, wenn Tom es erlaubt!«

Seufzend strich Tessa ihrem Sohn übers Haar. »Ich weiß, was ich gesagt habe. Aber ausgerechnet heute ...«

»Hör mal, Tessa, ich hätte da eine Idee.« Ihr Freund und Angestellter Pierre trat zu den beiden. In der Hand hielt er einen sorgfältig in Papier verpackten Blumenstrauß von enormen Ausmaßen. »Ich muss doch sowieso raus vor die Stadt zu diesem Bauernhof, um den Geburtstagsstrauß abzuliefern. Also könnte ich Lukas mitnehmen und am Haus seines Trainers absetzen. Und nach Ladenschluss holst du ihn dann wieder ab.«

»Au ja!«, rief Lukas. »Bitte, Mama!«

»Wir schließen erst um sieben«, wandte Tessa ein. »Das ist viel zu lang. Du kannst nicht ganze vier Stunden dort bleiben.«

»Dann fahre ich mit dem Bus zurück«, schlug Lukas vor. »Ich weiß, wie das geht.«

»O nein, das machst du nicht. Besser wäre es ...«

»Vielleicht kann dein Trainer dich ja zurückfahren«, sagte Pierre. »Oder ich hole dich ab. Ich mache doch sowieso früher Feierabend.«

Tessa schüttelte den Kopf. »Das kann ich wirklich nicht von dir verlangen.«

»Warum denn nicht?«

»Du hast bestimmt schon etwas anderes vor.«

»Tessa, Schätzchen, siehst du nicht, wie sehr dein Sohn darauf brennt, zu diesem Hund zu kommen?« Pierre zwinkerte ihr zu und tätschelte ihren Arm. »Tun wir ihm doch den Gefallen. Und heute Abend ist bei uns sowieso nur gemütlicher Heimkino-Abend vorgesehen. Ich koche, und Roland bringt den Wein und einen rührseligen Film mit.«

»Siehst du, du hast ein Date!«, protestierte Tessa.

Pierre grinste breit und fuhr sich mit gespreizten Fingern durch sein kurzes braunes Haar. »Wenn du es so nennen willst. Aber immerhin sind wir schon über ein halbes Jahr zusammen. Da wird Roland es schon verschmerzen, wenn ich eine halbe Stunde später zu Hause bin. Weißt du was, ich nehme Lukas jetzt mit.« Er blickte auf seine Armbanduhr. »Und zwar schnell, denn sonst kommen die Blumen zu spät beim Kunden an. Und dann frage ich seinen Trainer, ob er ihn zurückbringen kann. Falls nicht, spiele ich heute mal *Pierres Taxi*.« Ehe Tessa noch einmal widersprechen konnte, winkte Pierre ihrem Sohn schon, ihm zu folgen. »Komm, Lukas, wir müssen los. Mach nicht so ein Gesicht, Tessa. Ich tue das gerne. Wozu sind Freunde denn sonst da?« Und schon waren die beiden zur Tür hinaus.

Seufzend blickte Tessa ihnen durch das große Schaufenster nach. Pierre war wirklich ein Schatz. Manchmal fragte sie sich, was sie wohl ohne ihn getan hätte. Sie hatte ihn damals auf der Berufsschule kennengelernt, als sie nach Lukas' Geburt mit einer Ausbildung begonnen hatte. Er war ein paar Jahre jünger als sie, aber dennoch hatten sie sich vom ersten Tag an gut verstanden. Und als sie diesen Laden hier in der

Stadt gekauft hatte, war er, ohne zu zögern, als ihr Assistent mit eingestiegen. Manchmal bedauerte sie, dass er so gar kein Interesse an Frauen hatte, denn sonst wäre er wohl der ideale Partner gewesen. Andererseits war die Freundschaft, die sie mit ihm verband, weitaus stabiler und dauerhafter, als es eine Liebesbeziehung wohl je hätte sein können.

Da in diesem Moment ein Kunde den Laden betrat, riss sich Tessa entschlossen von ihren Grübeleien los und setzte ein zuvorkommendes Lächeln auf. »Guten Tag!«, sagte sie betont freundlich zu dem älteren Herrn. »Womit kann ich Ihnen dienen?«

»Das war echt toll heute«, schwärmte Lukas und rutschte auf dem Rücksitz von Toms Wagen hin und her. »Ruprecht ist so ein cooler Hund.«

Tom lächelte. »Er scheint dich ja sehr zu mögen. Und bei dir gehorcht er auch viel besser als bei mir.«

»Wirklich?«

»Wenn ich es sage. Bei mir stellt er dauernd irgendwelchen Unsinn an.«

Lukas kicherte. »Er ist doch total lieb!«

Als Tom vor dem Blumenladen parkte, rutschte Lukas ein Stück nach vorne. »Komm doch noch mit rein. Dann kannst du auch mal meine Mama kennenlernen.«

Tom wusste, dass es kindisch war, dennoch wehrte er ab. »Sie ist bestimmt sehr beschäftigt. Ich will nicht stören.«

»Ach, komm.« Lukas setzte ein engelhaftes Lächeln auf. »Nur hallo sagen. Ich weiß gar nicht, was ihr Erwachsenen immer habt. Mama will auch nie mit zum Training kommen, damit sie dich nicht trifft.« Fast schon lauernd blickte er Tom an.

Sein Trainer merkte auch sofort auf. »Tatsächlich? Warum denn das?«

Lukas' Lächeln verbreiterte sich zu einem Grinsen. »Weil ich ihr gesagt habe, wie nett du bist.«

»Ah ja?«

»Und dass du keine Frau hast.« Lukas zögerte. »Du hast doch keine Frau, oder?«

Beinahe hätte Tom sich verschluckt. »Äh, nein, habe ich nicht. Aber hör mal, Lukas ...«

»Dann ist es ja gut. Komm schon, ich hab sie extra mit dem Handy angerufen und Bescheid gesagt, dass du mit reinkommst.«

»Lukas?« Bevor der Junge aus dem Auto springen konnte, hielt er ihn am Ärmel fest. »Hast du etwa vor, uns zu verkuppeln?«

Wieder grinste Lukas nur; im nächsten Moment war er draußen.

Ergeben seufzend folgte Tom ihm und fragte sich dabei, ob es tatsächlich schon so schlimm um ihn stand, dass sogar kleine Jungen sich befleißigt sahen, ihm ein Date zu verschaffen, oder ob das nur ein Trick dieser Frau war, um auf sich aufmerksam zu machen.

Er beschloss, wirklich nur kurz hallo zu sagen und sich dann gleich wieder zu verdrücken. Auf keinen Fall würde er sich in die Wohnung bitten lassen. Er hatte einfach kein Interesse, weder an alleinstehenden Müttern, noch an sonst irgendwelchen Frauen, auch wenn sie ganz offensichtlich viel

Geschmack und Kreativität besaßen, wie er mit einem Blick auf das fantasievoll und ansprechend gestaltete Schaufenster des Blumenladens feststellte. Die einzige Frau, die es jemals geschafft hatte, seine volle Aufmerksamkeit zu fesseln, hatte er vor vielen Jahren verloren. Und solange er jede andere mit dem Bild von ihr verglich, dass er auch heute noch im Herzen trug, war an eine neue Beziehung gar nicht zu denken.

Lukas hatte inzwischen die Tür zu dem schmalen Seiteneingang des renovierten Fachwerkhauses geöffnet und war im Innern verschwunden.

Nur, um dem Jungen einen Gefallen zu tun, folgte Tom ihm in den Hausflur, von dem aus eine Tür zum Laden und eine Treppe zu der Wohnung im oberen Geschoss führten. Als Toms Blick zufällig auf den schwungvollen Namenszug auf dem altertümlichen Briefkasten fiel, der neben der Treppe hing, hatte er das Gefühl, jemand habe ihm eine Faust in den Magen gerammt.

6. Kapitel

»Was soll das denn?«, murmelte Santa Claus irritiert vor sich hin und hackte wiederholt auf der Tastatur herum, die mit dem Computersystem der Videobildschirme verbunden war. »Da stimmt doch was nicht!« Ohne den Blick von dem Bildschirm abzuwenden, der sich nicht so steuern ließ, wie er sollte, griff er nach dem Telefon und drückte eine der Schnellwahltasten. »Elf-Dreizehn, ich habe hier ein Problem. Bildschirm neun lässt sich nicht korrekt ansteuern. Er zeigt immer wieder Bilder, die ich keinem der Wunschzettel zuordnen kann.«

»Hast du schon mal auf ›Reset‹ gedrückt?«, fragte Elf-Dreizehn zurück.

»Zweimal schon«, brummelte Santa Claus. »Es tut sich einfach nichts. Irgendetwas ist hier falsch eingestellt. Hast du Zeit, dir das anzusehen? Du weißt, dass ich morgen mit der Wunscherfüllung beginnen muss – jedenfalls bei den richtig großen Wünschen.«

»Bin schon da«, antwortete Elf-Dreizehn, einer der Ingenieure im Team der Weihnachtsmann-Elfen, und trat durch die Bürotür. Grinsend steckte er sein Handy in die Brusttasche seines Arbeitsoveralls. »Lass mal sehen. Bildschirm neun, sagst du?«

Santa Claus nickte etwas besorgt. »Ja, sieh selbst. Da ist immer ein Junge zu sehen, und die Frau dort ist offenbar seine Mutter. Normalerweise müssten ihre Namen und der Wohnort unten eingeblendet sein. Elfe-Sieben sagt, sie habe alle bisher eingegangenen Wunschzettel sorgfältig verarbeitet und die Informationen eingegeben. Aber für Bildschirm neun hatte sie noch gar keine Daten.«

Elf-Dreizehn beobachtete kurz die Vorgänge auf dem Bildschirm, dann übernahm er die Tastatur, konnte jedoch auch keine Änderung erreichen. Er runzelte die Stirn. »Kann es vielleicht sein, dass sich da ein besonders großer Wunsch manifestiert, über den der Wunschzettel noch nicht bei dir eingegangen ist?«

Der Weihnachtsmann schüttelte den Kopf. »Für diesen Fall haben wir doch einen besonderen Filter eingebaut, damit die Bildschirme nicht automatisch belegt werden. Dort dürften nur die Kinder erscheinen, deren Wunschzettel wir registriert haben.«

Elf-Dreizehn tippte noch einmal auf der Tastatur herum. »Also glaubst du, dass hier möglicherweise ein Programmierfehler vorliegt.«

»Könntest du das überprüfen?«

»Klar, aber das wird eine Weile dauern. Weißt du denn wenigstens, wer der Junge auf dem Bildschirm ist?«

Santa Claus schüttelte den Kopf. »Noch nicht, aber ich werde gleich mal Elf-Zwei und Elfe-Acht losschicken. Die beiden sind sehr gute Detektive.« Sein Blick fiel wieder auf den Bildschirm, auf dem sich Merkwürdiges tat. »Schau mal«, sagte er und tippte Elf-Dreizehn aufgeregt an. »Bei den Menschen dort scheint es aber einige Schwierigkeiten zu geben.«

7. Kapitel

Unruhig strich sich Tessa eine ihrer rotbraunen Haarsträhnen hinters Ohr. Sie wusste selbst nicht, warum sie plötzlich so nervös reagierte. Lukas hatte sie angerufen und ihr mitgeteilt, dass er seinen Trainer unbedingt zum Abendessen einladen wollte. Sie hatte ihm den Spaß nicht verderben wollen, obwohl sie von dem Gedanken, einen fremden Mann zu bewirten, nicht eben angetan war. Schon gar nicht, nachdem Pierre ihr bei seiner Rückkehr in den höchsten Tönen vorgeschwärmt hatte, was für ein Prachtexemplar von Mann dieser Tom sei. Aber von solchen Traumtypen, so hatte sie versucht, ihrem Freund klarzumachen, hatte sie die Nase voll. Vor allem, wenn es sich bei ihnen um Fußballspieler handelte. Einmal hatte sie den Fehler gemacht, sich in einen von ihnen zu verlieben. Und nur, dass ihr Sohn Lukas aus jener Beziehung hervorgegangen war, hatte sie damals über deren unglückseligen Ausgang hinweggetröstet. Seither betrachtete sie Männer insgeheim als militärisches Sperrgebiet.

Und aus diesem Grund hatte sie auch nur ihre berühmten überbackenen Reste-Sandwiches zubereitet, kein aufwendiges Abendessen. Abgesehen davon, dass sie ja am Mittag schon einmal gekocht hatte, wäre ihr dazu auch kaum genug Zeit geblieben.

Als sie ein Auto vorfahren hörte, öffnete sie rasch die Wohnungstür, eilte jedoch gleich wieder zurück in die Küche, holte die Sandwiches aus dem Ofen, arrangierte sie appetitlich auf einer Platte und eilte dann ins Bad, riss sich die Schürze herunter und überprüfte im Spiegel ihr Make-up. Als sie merkte, was sie da tat, verzog sie unwillig die Mundwinkel und streckte sich die Zunge heraus. Trotzdem griff sie auch noch rasch nach der Bürste und fuhr sich mehrmals durchs Haar.

Dabei hörte sie bereits die Schritte ihres Sohnes auf der Treppe. »Mama? Wir sind da! Tom kommt auch gleich rauf. Er wollte erst nicht mit reinkommen, aber ich hab gesagt … Mama, wo bist du denn?«

Tessa legte rasch die Bürste weg und trat aus dem Badezimmer. »Hier, Lukas. Kein Grund, so laut herumzuschreien.«

»Hast du Reste-Sandwiches gemacht? Hm, lecker!« Lukas strahlte. »Ich bringe nur schnell den Rucksack in mein Zimmer. Mensch, wo bleibt denn Tom?« Mit Schwung warf

Lukas seinen Rucksack durch die Tür seines Zimmers und rannte dann wieder hinaus ins Treppenhaus.

Tessa ging rasch noch einmal in die Küche, um sich zu vergewissern, dass alles ordentlich aussah, und hörte dabei Lukas' Stimme.

»Hey, Tom, komm endlich! Es gibt Reste-Sandwiches, die musst du unbedingt …« Eine kurze Pause entstand, dann fragte er offenbar verunsichert: »Was machst du denn für ein komisches Gesicht, Tom? Stimmt was nicht?«

Unwillkürlich horchte Tessa auf, konnte jedoch nicht hören, ob dieser Tom etwas darauf antwortete. Sie atmete einmal tief durch und ging dann an die Haustür, um ihren Gast zu begrüßen.

Lukas hatte ihn an der Hand genommen und zog ihn hinter sich her, Tom folgte ihm aber augenscheinlich nur sehr zögernd.

»Guten Abend«, setzte Tessa freundlich an. »Kommen Sie doch herein. Ich habe …« Als sie in Toms Gesicht blickte, verstummte sie und starrte ihn an. Sie hatte das Gefühl, ihr Herzschlag habe für einen Moment ausgesetzt. Dann setzte er fast schmerzhaft wieder ein. Krampfhaft schluckte sie.

»Thomas«, brachte sie schließlich mit etwas Mühe heraus.

»Guten Abend, Tessa«, antwortete er mit leicht schwankender Stimme. Zwar hatte er zwei Minuten länger Zeit gehabt als sie, sich auf das unverhoffte Wiedersehen vorzubereiten, doch mehr als einen rasenden Pulsschlag hatte ihm dieser Vorsprung nicht eingebracht. Sie sah noch genauso aus wie in seiner Erinnerung. Nein, besser noch. Sie war reifer geworden – natürlich, immerhin waren fast zehn Jahre vergangen. Und sie trug ihr Haar jetzt nur noch schulterlang. Aber sie war eindeutig Tessa – seine Tessa! Hätte er das ahnen sollen? Wie viele Frauen mit dem Nachnamen Lamberti gab es wohl in Deutschland? Und sagte man nicht, dass man sich im Leben immer zweimal begegnet?

Tom versuchte sich zusammenzureißen. Vor ihm stand die Frau, die er vor zehn Jahren verlassen hatte, um auf einem anderen Kontinent seinen Flausen von einer großen Karriere nachzujagen. Die Frau, die ihn hatte ziehen lassen und dann selbst spurlos verschwunden war. Noch aus Amerika und auch später, nach seiner Rückkehr nach Deutschland, hatte er versucht, Kontakt zu ihr aufzunehmen. Doch sie war aus ihrer Heimatstadt weggezogen, ohne jemand zu sagen wohin. Selbst seine intensive Internetrecherche hatte ihm nichts weiter eingebracht als die Einsicht, dass Tessa Lamberti einfach nicht gefunden werden wollte. Und jetzt stand sie vor ihm – und hatte einen Sohn.

»Ich …« Noch einmal schluckte Tessa. »Ich wusste nicht, dass du …«

»Du bist es«, sagte er gleichzeitig, und sie hielten beide verlegen inne.

Tessa fing sich als Erste wieder. »Du bist also der neue Fußballtrainer.«

Lukas blickte mit großen Augen zwischen den beiden hin und her. »Was ist denn jetzt los? Kennt ihr euch etwa?«

Mit einiger Mühe riss sich Tessa von Toms Anblick los. »Äh, ja, mein Schatz. Wir kennen uns. Wir waren …« Sie zögerte. »Weißt du, Lukas, wir waren früher einmal miteinander befreundet.«

»Hey, das ist ja toll!«, rief Lukas begeistert. »Warum hast du mir das denn nicht gleich gesagt?«, wandte er sich an Tom.

Tom hüstelte verlegen. »Ich wusste nicht, dass Tessa deine Mutter ist.«

»Ja«, bekräftigte Tessa rasch. »Und ich wusste nicht einmal, wie dein Trainer mit Nachnamen heißt.«

»Aber ich hab dir doch am ersten Schultag den Info-Flyer gegeben«, protestierte Lukas. »Da stand alles drin.«

Tessa biss sich auf die Lippen. »Ja, weißt du …« Sie hatte den Flyer bestenfalls überflogen. Alles, was mit Fußball zu tun hatte, hatte sie seit Jahren möglichst weit von sich geschoben. Ebenso wie vieles, was mit dem Training ihres Sohnes zu tun hatte. Und nur, damit sie nicht mehr an jenen Fußballspieler denken musste, den sie einst hatte gehenlassen.

Doch jetzt stand er vor ihr, und sie musste irgendwie mit der Situation zurechtkommen.

»Thomas …« Sie setzte ein, wie sie hoffte, unverbindliches Lächeln auf. »Willst du nicht hereinkommen?«

Tessa ging voraus in die Küche, in der sie den kleinen Esstisch für drei Personen gedeckt hatte. Lukas zog Tom einfach an der Hand mit sich, so dass dieser gezwungen war, ihm zu folgen.

»Du machst also noch immer Reste-Sandwiches«, sagte er und ärgerte sich, dass ihm nichts Intelligenteres als diese Frage einfiel.

»Die macht Mama oft«, erklärte Lukas an Tessas Stelle. »Hast du sie schon mal gegessen?«

Lächelnd nickte Tom. »O ja, das habe ich. Einmal hatten wir nach einem großen Fußballspiel eine Party, und am nächsten Tag war noch so viel Essen vom Partyservice übrig, dass deine Mutter die gesamte Mannschaft mit ihren Reste-Sandwiches versorgt hat.«

»Echt?« Mit großen Augen blickte Lukas Tessa an. »Davon hast du mir ja noch nie was erzählt.«

Tessa lächelte unsicher. »Nun setzt euch doch. Lukas, erst Hände waschen. Bestimmt hast du vorhin noch den Hund angefasst.«

»Ja, ja.« Maulend rannte der Junge hinüber ins Bad.

»Das sollte sich dann vielleicht auch tun«, sagte Tom und ging zur Spüle. »Darf ich?« Er wusch sich rasch die Hände und blickte dabei Tessa an. »Das ist wirklich eine Überraschung. Ich hätte nicht gedacht, dass wir …«

Da Lukas in diesem Augenblick wieder in die Küche gestürmt kam, schüttelte Tessa kurz aber bestimmt den Kopf und wandte sich erneut dem Esstisch zu.

Während des Essens führte Lukas die Unterhaltung an. Natürlich wollte er genau wissen, wann sich Tessa und Tom kennengelernt hatten, doch Tessa antwortete betont oberflächlich und kurz angebunden. Tom registrierte es mit einem merkwürdigen Gefühl in der Magengrube. Es schien, als wolle sie an der Vergangenheit so wenig wie möglich rühren. Oder war ihr die Zeit, die sie einst mit ihm verbracht hatte, über die Jahre so unwichtig geworden, dass sie es nicht für nötig erachtete, mehr als ein paar vage Worte darüber zu verlieren? Das würde allerdings seinem ersten Eindruck widersprechen, denn er hatte vorhin an der Tür ganz deutlich den Schock über das unvermutete Wiedersehen in ihren Augen erkannt. Deshalb beschloss er, der Wahrheit möglichst bald auf den Grund zu gehen – und wenn auch nur, um endlich mit diesem Teil seines Lebens abschließen zu können. Das hatte er nämlich, wie ihm jetzt bewusst geworden war, nie wirklich geschafft.

8. Kapitel

»Schlaf jetzt«, sagte Tessa mit milder Strenge und löschte das Licht in Lukas' Zimmer.

»Ich will aber viel lieber mit euch im Wohnzimmer sitzen und reden.«

»Lukas, es ist schon spät, und du hast morgen Schule.«

»Tom hat morgen auch Schule. Und bestimmt redet ihr jetzt über ganz viele interessante Sachen von früher, und ich kriege es nicht mit.«

»Gute Nacht, Lukas«, antwortete Tessa jedoch nur, dann zog sie die Tür hinter sich zu. Aus dem Kinderzimmer erklang ein leises Maulen.

»Ich will nichts mehr hören, mein Freund!«

Hinter der Tür wurde es still.

Einen Moment lang blieb Tessa noch an der Tür stehen und versuchte sich zu wappnen. Sie hatte Tom nach dem Essen nicht einfach hinauswerfen können, deshalb hatte er sich während des allabendlichen Zu-Bett-gehen-Rituals ihres Sohnes in ihr winziges Wohnzimmer gesetzt, das ihr gleichzeitig auch als Schlafzimmer diente. Als sie nun den Raum betrat, stand er hastig von der Couch auf und trat ihr entgegen.

Sie schob vorsichtshalber die Tür ins Schloss, machte jedoch keine Anstalten, ihm entgegenzugehen.

Tom musterte sie aufmerksam und neugierig. Tessa ärgerte sich, dass ihr Magen davon ins Flattern geriet.

»Ich hätte nicht gedacht, dass wir uns noch einmal wiedersehen«, begann er. »Nicht, nachdem du so spurlos verschwunden warst.«

»Ich war spurlos verschwunden?« Tessa wusste natürlich, dass er recht hatte. Nach der Trennung hatte sie alle Brücken hinter sich abgebrochen. »Ich habe nicht damit gerechnet, dass du noch einmal aus Amerika zurückkehrst.«

»Ich auch nicht«, gab Tom zu. »Aber dann ... Heimweh«, setzte er nach kurzem Zögern hinzu. »Wusstest du wirklich nicht, dass ich der neue Trainer deines Sohnes bin?«

Tessa schüttelte den Kopf. »Alle nennen dich jetzt Tom, das habe ich nicht mit dir zusammengebracht.«

»Stimmt, das ist ein Überbleibsel aus Amerika, an das sich auch hier jeder schnell gewöhnt hat. Ich selbst ja auch.«

Tessa nickte und hob gleichzeitig die Schultern. »Siehst du, und ich habe diesen Flyer wohl auch nicht so genau beachtet. Und warum auch? Lukas hat mir gleich erzählt, dass du ein guter Trainer bist, also habe ich mich nicht weiter darum gekümmert.« Sie stockte. »Immerhin gibt es noch andere Dinge im Leben als Fußball.« Der letzte Satz klang selbst in ihren eigenen Ohren trotzig.

Tom konnte sich ein ungläubiges Grinsen nicht verkneifen. »Und das von der Frau, die ein Abseits schneller erkennen kann als die meisten Schiedsrichter.« Als er merkte, wie sich ihre Miene verschloss, setzte er sich wieder. Auf seinen

Wink hin ließ Tessa sich ihm gegenüber auf einem abgeschabten roten Sessel nieder.

»Du hast dir ein eigenes Geschäft aufgebaut«, versuchte Tom es mit einem Themenwechsel. »Das war bestimmt nicht einfach.«

Langsam senkte Tessa den Kopf. »Nein, war es nicht. Aber es ist mein Traum.« Sie hielt kurz inne. »So wie der Fußball dein Traum war. Ich liebe Blumen und …«

»Ich bin sicher, dass du eine hervorragende Floristin bist«, unterbrach er sie. »Das sieht man schon an den hübschen Gebinden, die du in deinem Schaufenster ausstellst.«

Überrascht ruckte Tessas Kopf wieder hoch. Tom lächelte. »Dein Schaufenster ist bestimmt das Schönste in der gesamten Annastraße. Seit wann lebt ihr hier?«

Tessa faltete die Hände im Schoß. »Seit etwa einem halben Jahr.«

Tom nickte. »Und Lukas? Ich meine … Du erziehst ihn allein, nicht wahr? Sein Vater …«

»… ist unwichtig«, unterbrach Tessa ihn hastig. Ihr Herz schlug plötzlich wieder unruhig in ihrer Brust. Sie wusste nicht, ob sie das Richtige tat. »Er …« Sie schluckte. »Er war ein Fehler, schätze ich. Aber Lukas würde ich niemals eintauschen wollen.«

»Ich verstehe.« An Toms Miene ließ sich nicht ablesen, ob er ihr glaubte oder was er dachte. »Lukas ist ein toller Junge.«

»Das ist er.«

»Du kommst also zurecht.«

Zum ersten Mal versuchte Tessa ein Lächeln, und es gelang ihr sogar. »Wir kommen sogar ausgezeichnet zurecht.

Mein Laden ist gut angelaufen, Lukas hat hier schon einige Freunde gefunden und ...« Sie hielt inne, als sie erneut seinen intensiven Blick auf sich ruhen spürte. »Was ist?«

Tom rückte ein Stück auf der Couch nach vorne. Es sah zunächst aus, als wolle er nach Tessas Hand greifen, doch er unterließ es. »Du hast dich kaum verändert«, sagte er leise.

Unwillkürlich machte Tessas Herz einen Sprung. »Doch«, antwortete sie. »Ich habe mich verändert. Und du dich auch.«

»Weiterentwickelt«, widersprach er. »Das ist etwas anderes.«

»Mag sein.«

»Ich habe nach dir gesucht, nachdem ich aus Amerika zurückgekehrt war.«

Tessas Blick flackerte kurz, doch sie riss sich zusammen. »Wann war das?«

»Vor fünf Jahren«, antwortete er ruhig. »Aber du hattest alle Spuren verwischt, und auch deine Eltern haben mir nicht verraten, wohin du gegangen bist.«

Verblüfft starrte Tessa ihn an. »Du hast mit meinen Eltern gesprochen?«

Tom nickte. »Das war meine erste Anlaufstelle. Dein Vater hätte mich, glaube ich, am liebsten sofort rausgeschmissen. Er ist wohl nicht gut auf mich zu sprechen.«

Wundert dich das?, hätte sie beinahe gefragt, doch sie biss sich gerade noch rechtzeitig auf die Zunge. Auf keinen Fall würde sie Tom erzählen, wie sehr sie in der ersten Zeit nach seinem Fortgehen gelitten hatte. Ihre Eltern und ihre Schwester hatten ihr geholfen, darüber hinwegzukommen.

Ganz sicher war es gut gewesen, dass sie Tom damals nicht verraten hatten, wo sie sich aufhielt.

»Es ist schon spät«, sagte sie mit einem Blick auf die Uhr. »Ich habe morgen einen langen Tag vor mir.«

Tom verstand und erhob sich. »Mir geht es ähnlich.« Er zögerte. »Ich habe morgen Nachmittagsunterricht, und am Freitagnachmittag spielt meine A-Jugend, also …« Vorsichtig setzte er erneut an: »Lukas ist ganz vernarrt in meinen Hund. Ich habe ihm versprochen, dass er am Samstag mit ihm spielen oder spazieren gehen darf. Vielleicht hast du Lust …«

»Mein Geschäft ist auch samstags geöffnet«, fiel sie ihm ins Wort. »Da werde ich also keine Zeit haben. Aber vielleicht kann ich Pierre bitten, Lukas auf seiner Auslieferungstour mitzunehmen und bei dir abzusetzen.«

»O, klar, wie du meinst.« Tom nickte und ging zur Tür. »Aber vielleicht ein andermal?«

»Vielleicht.« Tessa zog die Schultern hoch und war froh, als Tom hinaus in den Flur trat. »Also dann …« Bevor sie die Tür schließen konnte, ergriff er doch noch ihre Hand und drückte sie leicht.

»Ich bin froh, dass ich dich zu guter Letzt doch noch wiedergefunden habe.«

Irritiert legte sie den Kopf auf die Seite. »Du hast mich doch gar nicht gefunden. Das war bloß ein dummer … ein Zufall.«

Tom lächelte leicht. »Wie du meinst, Tessa.« Er ließ ihre Hand wieder los.

Tessa blieb so lange in der Tür stehen, bis sie das Motorengeräusch von Toms Wagen vernahm. Erst dann drückte sie ihre Wohnungstür betont langsam ins Schloss und lehnte sich dagegen.

»Machst du Witze, natürlich wirst du deinen Tom am Samstag besuchen«, rief Pierre entrüstet, nachdem Tessa ihm berichtet hatte, was am vergangenen Abend vorgefallen war.

Sie schüttelte den Kopf. »Er ist nicht *mein* Tom. Es war einfach ein blöder Zufall, dass er der Trainer von Lukas' Mannschaft ...«

»Ach, hör schon auf.« Pierre ergriff ihre Hände. »Ich sehe dir doch ganz genau an, was mit dir los ist. Und glaub mir, das war kein Zufall, sondern Schicksal. Warum hast du ihm nicht gleich erzählt, dass Lukas sein ...«

»Nein!« Wieder schüttelte Tessa den Kopf, diesmal noch entschlossener. »Ich will das nicht. Du weißt, wie es mir damals ergangen ist. Ich habe hier endlich Ruhe und einen guten Ort zum Leben gefunden. Tom hat dabei bisher keine Rolle gespielt, und so soll es auch bleiben.«

»Aber er hat ein Recht darauf, zu erfahren, dass er einen Sohn hat.«

»Mag sein.« Tessas rebellischer Gesichtsausdruck wich einer leichten Unsicherheit. »Aber nicht jetzt. Noch nicht. Ich weiß ja noch gar nicht, ob er ...« Hilflos zuckte sie mit den Schultern. »Ich kann das nicht, Pierre.«

Ihr Freund lächelte sanft. »Du *willst* es nicht, Schatz. Das kann ich gut verstehen.«

»Ich will das nicht noch einmal durchmachen müssen.«

»Natürlich nicht. Aber hältst du es nicht auch für besser

herauszufinden, was er heute für ein Mensch ist? Immerhin lebt ihr in derselben Stadt. Er ist der Fußballtrainer deines Sohnes. Seines Sohnes!« Pierre seufzte, als er Tessas Gesichtsausdruck sah. »Schatz, wenn es auch bisher noch niemandem aufgefallen ist, solltest du vielleicht mal darüber nachdenken, woher Lukas seine hübschen blonden Locken hat.«

Entsetzt starrte Tessa ihn an. »Du meinst ...«

Pierre zog sie in seine Arme und drückte sie leicht. »Tessa-Mädchen, du weißt doch selbst, wie ähnlich die beiden einander sehen. Ich war ganz schockiert, als ich Tom neulich sah. Da hätte ich die Zusammenhänge gleich begreifen müssen. Aber ich wusste ja nicht ...«

»O Gott!« Tessa löste sich aus der Umarmung und schlug die Hände vors Gesicht. »Bisher hat niemand etwas darüber gesagt.«

Ohne auf ihren Widerwillen zu achten, zog Pierre sie wieder an sich und streichelte ihr sanft übers Haar. »Vielleicht hat es tatsächlich noch niemand gemerkt. Die Leute sehen schließlich immer nur das, was sie sehen wollen. Aber was geschieht, wenn Lukas seinen Freunden erzählt, dass du und Tom früher einmal befreundet wart?«

Tessa stieß einen entsetzten Laut aus und drückte ihr Gesicht gegen Pierres Schulter.

»Du musst es ihm früher oder später sagen. Lieber früher als später«, flüsterte er in ihr Ohr. Vorsichtig schob er sie von sich und blickte in ihr verzweifeltes Gesicht. »Fahr mit Lukas am Samstagnachmittag dorthin und rede mit Tom.«

»Aber das Geschäft ...«

»Wenn du nach vier fährst, dürfte hier nicht mehr allzu

viel los sein. Das Weihnachtsgeschäft hat schließlich noch nicht begonnen. Die zwei Stunden werde ich schon allein zurechtkommen.«

»Aber wenn wir Lieferungen für den Nachmittag haben ...«

»Wir liefern doch samstags nur bis drei Uhr aus.« Pierre blickte ihr eindringlich in die Augen. »Im Notfall behaupte ich, wir sind ausgebucht.«

»Pierre!«

»Fahr zu ihm.«

»Du willst mich mit allen Mitteln überreden, nicht wahr? Obwohl du weißt, dass ich ...«

»Tessa, fahr zu ihm!« Pierres Stimme ließ keinerlei Widerspruch mehr zu. »Und jetzt schließ den Laden auf, ich glaube, da kommt die erste Kundschaft für heute.«

»Tom, wie schön, dass du kommst. Hast du mir die Wandhaken für meine Bilder mitgebracht?« Lina Winkmann gab ihrem Sohn einen Kuss auf die Wange und zog ihn in ihre inzwischen gemütlich eingerichtete neue Wohnung.

Tom zog eine Schachtel aus der Manteltasche und schüttelte sie leicht, so dass man die Wandhaken darin klappern hörte. »Du warst ja fleißig«, stellte er fest. »Hast du schon alle Kartons ausgeräumt?«

»Aber ja, mein Junge. Ich hatte sehr nette Hilfe von dem freundlichen Herrn, der nebenan wohnt.«

»Ach ja?« Tom merkte auf.

Seine Mutter schmunzelte. »Ja. Überrascht es dich vielleicht, dass ich in meinem Alter noch Herrenbekanntschaften mache?«

Tom grinste. »Nicht im Geringsten. Aber als dein Sohn lasse ich Vorsicht walten. Wie heißt er, wie hoch ist seine Pension?«

Lina kicherte. »Scherzkeks. Heinz-Georg ist ehemaliger Postbeamter und verwitwet. Und weil du es sowieso erfahren wirst: Er hat mich schon zweimal zum Essen eingeladen. Und morgen gehen wir zusammen ins Kino.«

»O là là. Muss ich meinen guten Anzug zur Reinigung bringen?«

Empört gab Lina ihm einen Klaps auf den Arm. »Hör schon auf! Erzähl mir lieber, wie es meinem kleinen Schätzchen geht. Fühlt er sich wohl bei dir?«

Tom verdrehte die Augen. »Das kann man wohl sagen. Warum hast du mir verschwiegen, dass er ein dreister Obstdieb ist? Ich musste so eine Schale mit Deckel kaufen, weil er schon zweimal nachts auf den Tisch gesprungen ist und meine Bananen und Äpfel gefressen hat.«

»Du liebe Zeit!« Lina schlug sich die Hand vor den Mund und versuchte ein Lachen zu unterdrücken.

»Und er hat einen meiner guten Fußballschuhe entführt. Das ist sehr ärgerlich, denn wenn ich ihn bis morgen nicht wiederfinde, muss ich barfuß auf den Platz gehen.«

Lina konnte nicht länger an sich halten und prustete los. »Hast du mal in deinen Blumenbeeten nachgesehen? Vielleicht hat er ihn verbuddelt.«

»O nein!«

»Tut mir leid. Bei mir hatte er sich diese Unarten nach einer Weile abgewöhnt. Aber hör mal ...« Lina bot ihrem Sohn Kaffee und Kuchen an, woraufhin er sich bereitwillig an den kleinen Esstisch setzte. »Heinz-Georg brachte mir neulich Blumen mit.«

»So?« Tom hob nur die Augenbrauen.

Lina nickte. »Ja, und zwar aus einem neuen Geschäft in der Annastraße. Er sagte, es wird von einer entzückenden, offenbar alleinstehenden Frau geführt, die ...«

Tom stöhnte, dann grinste er. »Mutti, gib dir keine Mühe. Ich kenne die Frau.«

»Du kennst sie? Umso besser. Nun ja, sie soll zwar einen Sohn haben, aber ...«

»Es ist Tessa.«

»Tessa?« Für einen Moment blickte Lina ihn verständnislos an, dann schlug sie eine Hand vor den Mund. »*Deine* Tessa? Warum hast du mir nicht erzählt, dass sie in der Stadt lebt?«

Tom hob die Schultern. »Weil ich es selbst bis vor kurzem nicht wusste.«

Lina beugte sich vor und nahm vorsichtig Toms Hand. »Wie geht es ihr?«

Tom nahm vorsichtig einen Schluck Kaffee. »Soweit ich sehen konnte, geht es ihr ausgezeichnet.«

»Wie hat sie reagiert? Wusste sie, dass du ...?«

»Nein, sie war ebenso überrascht wie ich.« Tom stellte die Tasse zurück auf den Tisch und fuhr sich durchs Haar. »Ich war wie vor den Kopf gestoßen, als ich sie sah.«

»Verständlich.« Lina blickte ihm prüfend ins Gesicht. »Kommst du damit klar?«

»Das muss ich wohl. Immerhin bin ich der Fußballtrainer ihres Sohnes.«

Lina nickte vor sich hin, dann nahm sie beiläufig ein Stück Kuchen von der Platte. »Du liebst sie noch immer.«

Toms Kopf ruckte hoch. Er blickte seiner Mutter schweigend und etwas erschrocken in die Augen, aber er widersprach ihr nicht.

»Hallo, Tessa? Ich bin's, Hannah. Ich darf doch du sagen, oder?«

»Klar doch. Hallo, Hannah.« Tessa legte den Kochlöffel beiseite und schaltete die Temperatur am Herd herunter. Ein kurzer Blick auf die Uhr verriet ihr, dass Lukas in knapp zwanzig Minuten von der Schule heimkommen würde. Das Essen würde also pünktlich fertig sein.

»Leon sagte mir, dass du dich bereit erklärt hast, mit mir zusammen die Plätzchen für die Weihnachtsfeier im Sportverein zu backen. Das finde ich sehr nett von dir. Inzwischen fällt mir doch alles ein bisschen schwer, aber ich habe versprochen, bei den Vorbereitungen zu helfen.«

»Gern geschehen.« Tessa lächelte etwas gequält. An diese Sache hatte sie gar nicht mehr gedacht.

»Weißt du, wir möchten gerne am Sonntag mit den Planungen anfangen, wenn es dir nichts ausmacht. Hättest du Zeit?«

»Ja, warum nicht.«

»Toll! Wie wäre es so gegen zwei bei uns? Dann können Lukas und Mario einen schönen Nachmittag zusammen verbringen. Paula ist schon ganz versessen darauf, uns beim Backen zu helfen. Ich glaube, ich muss ihr noch mal ganz deutlich sagen, dass wir am Sonntag erst mal nur einen Schlachtplan für die Feier entwerfen.«

Tessa atmete tief durch. »Also gut. Um zwei dann.«

»Ich freue mich!«

Nachdem Hannah aufgelegt hatte, blickte Tessa das Telefon noch einen kurzen Moment lang zweifelnd an, bevor sie es beiseitelegte. Dann schüttelte sie über sich selbst den Kopf. Was war schließlich dabei, mit Hannah und ein paar anderen Frauen zusammen einen netten Nachmittag zu verbringen und sich an den Vorbereitungen für diese Weihnachtsfeier zu beteiligen? So langsam lief sie Gefahr, sich abzukapseln. Und warum? Nur, weil der Zufall oder das Schicksal – der Zufall, beharrte sie – es so eingerichtet hatte, dass sie mit Tom in derselben Stadt lebte. Sie war doch wirklich alt genug, damit auf rationale Weise umzugehen!

In einem der Töpfe auf dem Herd begann es leise zu brodeln, deshalb riss sie sich von diesen Gedanken los und konzentrierte sich voll und ganz darauf, ihrem Sohn ein gutes Mittagessen zuzubereiten.

Triumphierend drehte sich Hannah zu Leon um, der gerade dabei war, einen Forstbericht in seinen Computer einzugeben.

»Siehst du, der erste Schritt ist schon getan«, sagte sie grinsend. »Tessa kommt am Sonntag mit Lukas zu uns, und jetzt müssen wir nur noch Tom überreden, ebenfalls dabei zu sein. Schließlich ist er der Vorsitzende des Festausschusses, nicht wahr? Da muss er sich doch an allen Planungen für die Feier beteiligen.«

»Wenn er hört, dass du den Mütterbeirat eingeladen hast, wird er ganz sicher irgendeine Ausrede erfinden.« Skeptisch blickte Leon vom Bildschirm auf.

»Das lass mal meine Sorge sein.« Hannah rutschte vorsichtig von der Kante des Schreibtischs herunter und blickte aus dem Fenster. »Da kommen Mario und Paula. Also lass uns rasch essen.« Sie gab Leon einen Kuss auf die Wange. »Mit Abräumen bist du heute dran. Ich muss mich gleich unbedingt ein bisschen hinlegen.«

9. Kapitel

»Das ist kein Programmierfehler«, sagte Elf-Dreizehn. »Irgendetwas anderes muss dafür verantwortlich sein, dass sich dieser Bildschirm nicht ansteuern lässt. Die Filter sind in Ordnung und die Parameter alle korrekt eingestellt.«

»Vielleicht ein Computervirus?« Ratlos kratzte sich Santa Claus am Kopf.

»Das Anti-Viren-Programm ist auf dem neuesten Stand und funktioniert einwandfrei. Auch die Firewall zeigt keinerlei Fehlfunktionen, Santa. Ich glaube, du hast da ein anderes Problem. Bist du sicher, dass du nicht irgendeinen Wunschzettel übersehen hast?«

Der Weihnachtsmann zuckte mit den Schultern. »Wir sind alle Ordner noch einmal durchgegangen. Jeder Wunschzettel ist ordnungsgemäß abgeheftet.«

»Und die E-Mails? Hast du die auch noch einmal überprüft? Vielleicht ist eine davon im Spam-Ordner gelandet.«

Santas Miene hellte sich auf. »Das könnte sein! Ich werde gleich mal nachsehen.« Dann zögerte er jedoch. »Aber du sagst doch, dass die Filter alle einwandfrei funktionieren.

Wie sollte sich dann einer der Wünsche durch die Barrieren des Programms mogeln können?«

Elf-Dreizehn tippte sich nachdenklich mit dem Zeigefinger gegen die Lippen. »Das weiß ich auch nicht. Es müsste ein sehr intensiver Wunsch sein, vielleicht auch einer, der von mehreren Menschen gleichzeitig geäußert wurde. Dadurch kann möglicherweise ein so starkes Energiefeld entstanden sein, dass die Filter damit nicht fertiggeworden sind. So etwas ist zwar bisher noch nicht vorgekommen, aber möglich wäre es immerhin.«

»Ein außergewöhnlich intensiver Wunsch?« Langsam ging der Weihnachtsmann auf den Bildschirm zu, auf dem im Augenblick Tessa zu sehen war, die eine Schale mit Chrysanthemen und winzigen Zierkürbissen dekorierte. Neben ihr saß der blonde Junge und kritzelte auf einem Schreibblock herum. »Merkwürdig. Ich kann überhaupt nichts Besonderes an den beiden erkennen.« Er drehte sich zu Elf-Dreizehn um, der ebenfalls nähergetreten war. »Du vielleicht?« Santa Claus blickte wieder auf den Bildschirm. »Die Frau dort heißt Tessa Lamberti, der Junge Lukas. Sie leben in geordneten Verhältnissen, Tessa führt einen Blumenladen. Mehr konnten Elf-Zwei und Elfe-Acht noch nicht herausfinden.«

»Na, das ist doch schon was«, befand Elf-Dreizehn. »Was ist mit dem Vater des Jungen?«

Santa hob die Schultern. »Es scheint keinen zu geben oder vielmehr …« Er zögerte.

»Ist er gestorben?«

»Nein.« Santa schüttelte den Kopf. »Das glaube ich nicht. Es muss etwas anderes …«

Da in diesem Moment die Szene auf dem Bildschirm wechselte, schwieg Santa kurz. Dann stieß er plötzlich einen leisen Pfiff aus. »Hast du das gesehen, Elf-Dreizehn? Die beiden kennen wir doch! Ich habe ihnen vor einigen Jahren die Hündin Billa geschickt …«

»Billa?« Elf-Dreizehn hob verwundert den Kopf.

»Ja, sie ist ein Weihnachtsengel.«

»Seit wann arbeitest du mit Engeln zusammen?«

Santa winkte ab. »Das war ein schwieriger Fall. Ich habe mir Billa damals vom Christkind ausgeliehen. Aber es hat funktioniert.«

»Aha.« Elf-Dreizehn deutete auf den Bildschirm. »Aber was hat dieser Mann dort damit zu tun?«

Santa Claus und sein Elf blickten einander an.

»Das frage ich mich auch gerade. Diese Ähnlichkeit …«

Elf-Dreizehn nickte. »Ich schätze, du solltest Elf-Zwei und Elfe-Acht noch einmal losschicken.«

10. Kapitel

»Heiliger Bimbam, was ist das denn?« Wie angewurzelt blieb Tom in seiner Haustür stehen und starrte auf das Durcheinander, das sich ihm zu Füßen bot. Mehrere Rollen Toilettenpapier waren vollständig abgerollt und über den gesamten Fußboden verteilt. Einige Ausläufer zogen sich bis ins Wohnzimmer und sogar die Treppe hinauf ins Obergeschoss.

Tom stellte die Tüten mit seinen Einkäufen neben der Treppe ab. »Ruprecht, du kleiner Satansbraten!«, rief er erbost.

Sofort kam der kleine Hund mit wedelndem Schwänzchen aus der Küche geflitzt und hüpfte fröhlich bellend an ihm hoch. In seinen Barthaaren klebten noch winzige Fetzen des Toilettenpapiers.

»Was um alles in der Welt hast du angestellt!« Noch immer entsetzt, schüttelte Tom den Kopf. »Wie soll ich dieses Chaos denn ...« Er blickte auf seine Armbanduhr und erstarrte. »... innerhalb von zehn Minuten wieder aufräumen? Ich bin sowieso schon spät dran, weil an der Kasse im Supermarkt so viel Betrieb war.«

Ruprecht setzte sich vor ihn und blickte ihn neugierig an.

Verzweifelt seufzte Tom und machte einen Schritt vorwärts, bückte sich, um das Papier aufzusammeln. Ruprecht hüpfte um ihn herum und lief dann schnüffelnd auf die Einkaufstüten zu.

Sogleich ließ Tom das Papier wieder fallen. »O nein, Freundchen, vergiss es. Das ist mein Essen!« Eilig packte er die Tüten und stakste durch die verknäuelten Papierhaufen in Richtung Küche. Dort stöhnte er kurz auf; Ruprecht hatte etwas von dem Papier um seinen Wassernapf herum verteilt und danach offenbar Durst bekommen. Auf dem Boden rings um den Napf klebte nun eine zartblaue durchweichte Toilettenpapier-Pampe.

»Na wunderbar.« So schnell es ging, verstaute Tom seine Einkäufe im Kühlschrank und im Vorratsschrank, dann sammelte er zuerst das nasse Papier auf und entsorgte es im Mülleimer.

Gerade als er die Bescherung im Flur angehen wollte, klingelte es an der Haustür. Freudig bellend schoss Ruprecht wieder in den Flur und gebärdete sich wie wild. Resignierend verdrehte Tom die Augen und öffnete die Tür.

»Hi, Tom!« Lukas grinste und wehrte lachend den Hund ab, der wie ein Springbällchen auf und ab hüpfte und versuchte, ihm das Gesicht zu lecken. »Hey, Ruprecht, nicht so wild! Ich kann ja gar nicht … Wow, was ist denn hier passiert?« Mit großen Augen sah sich Lukas um.

Hinter ihm trat Tessa näher. Sie hatte sich zunächst das große Haus in Ruhe von außen angesehen und den hübsch angelegten, wenn auch um diese Jahreszeit recht kahlen Vorgarten bewundert. So lebte Tom jetzt also. Sie nahm an, dass er das Haus von seinem sicherlich nicht geringen Gehalt als Fußballprofi bezahlt hatte. Es lag ruhig am Stadtrand, etwas abseits vom Neubaugebiet und wurde auf zwei Seiten von mannshohen Rosenhecken abgeschirmt. Das Haus schien noch nicht sehr lange erbaut worden zu sein; an einem der Kellerfenster klebte noch der Aufkleber der Fensterbaufirma.

Der verwunderte Ausruf ihres Sohnes ließ sie aufhorchen. Als sie das Chaos im Flur erblickte und Tom, der etwas unglücklich eine Handvoll hellblaues Toilettenpapier in den Händen zerknäuelte, musste sie unwillkürlich kichern. So sehr sie sich auch bemühte, das Lachen ließ sich nicht unterdrücken.

»Hallo, Tom. Was ist denn hier explodiert?«

Tom verzog kläglich die Mundwinkel. »Der Hund.« Als er in Tessas lachende Augen blickte, breitete sich ein angenehmes Ziehen in seiner Herzgegend aus. »Ich war spät dran, weil ich noch einkaufen musste. Als ich eben heimkam, fand ich …« Er machte eine vage Handbewegung. »… das hier.«

»Soll ich dir beim Einsammeln helfen?«, fragte Lukas, der sich inzwischen ohne Bedenken inmitten der Papierberge auf die Knie niedergelassen hatte und mit Ruprecht spielte.

Tom blickte kopfschüttelnd auf ihn hinab. »Ich glaube, es wäre besser, wenn du den kleinen Satansbraten an die Leine nimmst und eine Runde mit ihm spazieren gehst. Würdest du das machen? Inzwischen beseitige ich das Durcheinander.«

»Au ja! Darf ich, Mama?«

»Sicher, warum nicht.« Tessa nickte, noch immer lächelnd. »Aber geht nicht zu weit weg.«

Lukas zog die Nase kraus. »Ich verlauf mich schon nicht. Hier kenne ich mich aus. Wenn man die Straße weiter entlanggeht, kommt man zum Haus von Marios und Paulas Eltern.«

»Das stimmt.« Tom nickte. »Aber nimm lieber den Weg, der hinter dem Haus in Richtung Wald führt. Dort fahren keine Autos.«

»Okay.« Als wäre er bei Tom zu Hause, lief Lukas zielstrebig zur Garderobe, schnappte sich die Leine, legte Ruprecht geschickt das Geschirr an und war auch schon wieder an der Tür. »Bis nachher!«, rief er fröhlich und lief winkend davon. Ruprecht sprang begeistert um ihn herum.

Tom und Tessa blickten den beiden kurz hinterher.

»Er hat mich ausgelacht«, murmelte Tom. »Ich schwöre, der Hund hat sich über mich kaputtgelacht.«

Wieder kicherte Tessa. »Soll ich dir beim Aufräumen helfen?« Ohne auf seine Antwort zu warten, ging sie an ihm vorbei und begann, das Toilettenpapier von der Treppe zu klauben. Gemeinsam hatten sie die Bescherung rasch beseitigt.

Anschließend ging Tom in die Küche, um Kaffee aufzusetzen. Tessa folgte ihm und sah sich bewundernd um. »Der Traum jeder Hausfrau.«

»Bitte?« Tom wandte sich um. »Ach so, die Küche. Hannah, die Frau meines Cousins, hat sie ausgesucht. Ich habe keine Ahnung von Kücheneinrichtung. Das gesamte Haus hat sie geplant. Sie ist Architektin«, fügte er nach einer kurzen Atempause hinzu.

Tessa nickte. »Ein tolles Haus, wirklich. Ein bisschen groß vielleicht, aber wunderschön.«

»Mein Finanzberater meinte, ich solle unbedingt in eine Immobilie investieren«, erklärte Tom und stellte Tassen, Teller und eine Keksdose auf ein Tablett.

»Finanzberater?« Tessa biss sich zu spät auf die Lippen. Auf keinen Fall wollte sie neugierig erscheinen.

Tom lachte jedoch nur. »Ohne ihn wäre ich aufgeschmissen. Im Grunde verdiene ich als Lehrer vollkommen ausreichend, aber die fünf Jahre in Amerika haben sich finanziell sehr ... gelohnt«, fügte er vorsichtig an. »Wenn man so will, bin ich jetzt eine verdammt gute Partie.«

Tessas Miene, eben noch heiter, erstarrte und verschloss sich. Ohne zu antworten, ging sie Tom voraus in das weitläufige Wohnzimmer, das von einer Couchlandschaft in hellgelbem Leder beherrscht wurde. Schränke und Regale waren im Kolonialstil gehalten, an der Wand hing ein überdimensionaler Flachbildfernseher, und die riesigen, von duftigen hellgelb gestreiften Stores umgebenen Fenster gaben den Blick auf den großen Garten und im Hintergrund auf den Wald frei.

Einen Moment lag blickte Tessa sich einfach nur um und fühlte sich plötzlich seltsam fehl am Platze. Sie sollte gar nicht hier sein. Tom und alles, was mit ihm zu tun hatte, gehörten schon seit vielen Jahren nicht mehr zu ihrem Leben. Er hatte sich seine Träume offenbar verwirklicht. Dass er nun als offenbar reicher Mann zurückgekehrt war, verursachte ihr Unbehagen. Sie selbst hatte gerade erst begonnen, ihren Traum wahr werden zu lassen, und plötzlich das Gefühl, hier nicht mithalten zu können.

»Hör zu, ich …«, setzte sie an.

Doch gleichzeitig sagte er: »Tessa …« Er hatte das Tablett auf dem Couchtisch abgestellt und trat nun wieder auf sie zu. »Ich wollte dich nicht in Verlegenheit bringen. Und ganz bestimmt habe ich dich nicht hierher eingeladen, um mit meinem Haus oder meinem Geld anzugeben.«

»Nein?« Tessa versuchte wieder zu lächeln, doch es misslang ihr. »Grund genug hättest du aber dazu.«

Ernst blickte Tom ihr in die Augen. »Meinst du wirklich? Womit genau soll ich denn angeben? Damit, dass ich vor vielen Jahren die Frau, die ich liebte, sitzengelassen habe, um auf der Suche nach Ruhm und Ehre in der Weltgeschichte herumzujetten? Oder damit, dass man mich dafür auch noch mit riesigen Geldsummen beworfen hat, von denen ich mir dann, als es mir zu blöd wurde, dieses Haus bauen ließ, in dem ich jetzt allein mit einem übergeschnappten Hund Nachlaufen spielen kann?« Er schüttelte den Kopf. »Ganz sicher aber damit, dass ich nirgendwo sagen kann, wer ich bin, ohne dass mir irgendwelche aufdringlichen Frauen jedweden Alters auf die Pelle rücken, weil sie glauben, ein

Ex-Fußballprofi wäre genau die richtige Therapie für ihre Geldsorgen.«

»Du kannst einem beinahe leidtun«, antwortete Tessa giftiger als beabsichtigt. Sie wandte sich ab. »Vielleicht sollte ich lieber ...«

»Halt, Tessa, warte!« Bevor sie aus dem Wohnzimmer fliehen konnte, fasste Tom sie an der Schulter und drehte sie wieder zu sich um. »Es tut mir leid. Ich weiß, dass ich damals einen Fehler gemacht habe. Als ich dieses Angebot aus Amerika bekam, dachte ich, ich könne das nur durchziehen, wenn ich allein und ungebunden bleibe. Wie hätte das funktionieren sollen – eine Beziehung auf Distanz? Ein ganzer Ozean zwischen uns. Ich war geblendet von den Aussichten, die dort winkten, und fand, dass eine feste Freundin oder gar eine Frau da nicht hineinpasste. Vor meinem inneren Auge tanzten nur noch Bilder von Partys, weiblichen Fans ... Verflixt, ich war gerade einundzwanzig! Und, ganz ehrlich, hättest du das ausgehalten?«

Tessa zog den Kopf zwischen die Schultern und verschränkte die Arme vor der Brust. »Das weiß ich nicht.« Sie drehte sich ein wenig zur Seite, um durch die Fenster auf den Wald blicken zu können. »Vielleicht nicht. Deshalb war ich ja mit der Trennung einverstanden. Ich wusste, ich konnte dich nicht halten.« Sie schwieg kurz. »Wir waren zu jung; wir haben beide Fehler gemacht.« Sie schluckte und trat einen Schritt von ihm zurück. »Vergessen wir es.«

Tessas Herz holperte unruhig in ihrer Brust, denn Tom fasste sie erneut an der Schulter und zog sie wieder näher. »Meinst du das ernst?«

Sie sträubte sich. »Besser wäre es.«

»Und wenn ich nicht will?«

Tessa kniff die Augen zu schmalen Schlitzen zusammen, als er sie in seine Arme zog. »Wenn du was nicht willst?«

Seine Lippen näherten sich langsam ihrem Gesicht; Tessa hatte das Gefühl, keine Luft mehr zu bekommen.

Forschend blickte Tom ihr in die Augen. »Dich vergessen«, raunte er. Erschrocken versuchte sie, ihn von sich zu schieben, doch er hielt sie eisern fest. »Das kann ich nämlich nicht, Tessa.«

»Dann solltest du ...« Sie brach ab, als seine Lippen ihren Mund ganz leicht, fast behutsam, berührten. Eine Welle unterschiedlichster Gefühle überrollte sie. Sie versteifte sich in seinen Armen. Als er den Kuss jedoch langsam vertiefte, kapitulierte sie und gab nach.

Etwas atemlos löste er sich wieder ein wenig von ihr und lächelte vorsichtig. »Ich glaube, das vergessen wir beide nicht so schnell, Tessa.«

Sofort kehrte der abwehrende Ausdruck in ihre Augen zurück, obwohl ihr Herz noch immer einen Stepptanz zu vollführen schien. Bedachtsam löste sie sich aus seinen Armen und trat einen Schritt zurück. »Wir können nicht einfach da weitermachen, wo wir vor zehn Jahren aufgehört haben.«

Tom hob die Hand und strich ihr eine Haarsträhne hinters Ohr. »Das hatte ich auch nicht vor. Mir schwebte vielmehr etwas Neues, vielleicht viel Besseres vor.«

Bevor er sie erneut an sich ziehen konnte, ging sie schnell zum Couchtisch und begann, Teller und Tassen zu verteilen. »Darüber muss ich erst nachdenken.«

Tom ließ sich ihr gegenüber nieder. »In Ordnung«, sagte er ruhig. »Dann erzähl mir doch etwas über dein Geschäft. Dieses alte Fachwerkgebäude ist wunderschön restauriert.« Er nahm die Kaffeekanne und goss ihr ein.

Tessa atmete tief ein und versuchte sich zu entspannen. »Stimmt«, antwortete sie so unbefangen wie nur möglich. »Als ich es sah, habe ich mich sofort darin verliebt. Übrigens hatte Hannah Marbach bei der Renovierung ihre Hand im Spiel. Der Besitzer hatte sie, glaube ich, für ein Gutachten beauftragt. Als ich in die Stadt zog, lernte ich sie in der Schule kennen. Lukas geht ja mit Mario und Paula in dieselbe Klasse. Wir kamen ins Gespräch, und sie gab mir den Tipp, dass der Besitzer des Hauses verkaufen wolle. Da habe ich zugegriffen.«

»Eine gute Entscheidung«, befand Tom und öffnete die Keksdose. »Leider nur gekaufte«, sagte er mit einem entschuldigenden Schulterzucken. »In der Küche stelle ich mich nicht besonders geschickt an.«

Tessa nahm sich einen Keks und legte ihn auf ihren Teller. »Und das bei dieser Wahnsinnsküche. Was für eine Verschwendung!«

Tom lehnte sich ein wenig auf seinem Sessel zurück. »Vielleicht kochst oder backst du ja einmal etwas für mich darin.«

Tessa zog unwillkürlich wieder die Schultern hoch, bemühte sich jedoch um eine gleichmütige Miene. »Übertreib es nicht.«

Er ließ sich nicht von ihrer Abwehrreaktion beeindrucken. »Du kochst ausgezeichnet, Tessa, das weißt du selbst. Und deine Kuchen und Plätzchen sind legendär.«

Tessa konnte nicht verhindern, dass ihre Mundwinkel zuckten und sich zu einem Lächeln verzogen. »Deine gehören eher zu der berüchtigten Marke Ziegelstein.«

»Sag ich doch!« Theatralisch legte Tom eine Hand auf sein Herz. »Also hab bitte ein Einsehen mit einem armen hungernden Mann!«

»Verhungert siehst du nicht gerade aus.«

»Aber lechzend nach deiner unübertrefflichen Kochkunst.« Tom grinste und schlug wieder einen normalen Ton an. »Wir könnten zum Beispiel morgen Abend alle zusammen kochen und essen. Das würde Lukas bestimmt Spaß machen. Er könnte Ruprecht heimlich unterm Tisch füttern …«

»Morgen?« Tessa biss sich auf die Unterlippe. Die ganze Sache ging ihr ein bisschen zu schnell. »Morgen habe ich schon etwas vor«, sagte sie, obwohl das Treffen mit Hannah ja schon am frühen Nachmittag stattfand. »Vielleicht nächste Woche.«

»Da muss ich ein Jugendwochenende des Vereins betreuen«, gab Tom bedauernd zurück.

»Na, dann ein andermal.« Tessa schwieg unbehaglich.

»Weichst du mir aus?« Prüfend blickte Tom ihr ins Gesicht.

»Möglicherweise.«

»Warum?«

Tessa erwiderte seinen Blick tapfer, obgleich ihr Herz dabei wieder deutlich aus dem Rhythmus geriet. »Ich weiß nicht, ob ich dich wieder in mein Leben lassen will, Thomas.« Hastig stand sie auf und ging zu einem der großen Panoramafenster. Schweigend blickte sie auf die weite Rasenfläche und die noch jungen Ziersträucher, von denen einige mit Flies eingepackt waren, um die zarten Triebe vor dem

Frost zu schützen. Sie hörte, wie Tom hinter sie trat, wehrte sich jedoch nicht, als er sie sanft zu sich umdrehte und erneut küsste. Diesmal war die Berührung seiner Lippen nicht behutsam, sondern fordernd und von kaum unterdrückter Leidenschaft. Tessa stieß einen überraschten Laut aus und hielt sich an Toms Schultern fest. Ein plötzlicher Strudel von Gefühlen riss sie einfach mit sich und ließ ihr keine Gelegenheit mehr zum Denken.

In einer kurzen Atempause umfasste er ihr Gesicht sanft mit den Händen und hielt ihren Blick gefangen. »Kann es nicht sein«, raunte er, »dass ich schon längst wieder in deinem Leben bin? Und du in meinem?« Ehe sie antworten konnte, verschloss er ihre Lippen mit seinem Mund und löste sie erst wieder, als es an der Haustür klingelte und gleichzeitig ein fröhliches Bellen erklang.

11. Kapitel

»Komm schon, Tom, du hast versprochen heute herzukommen!«, schmeichelte Hannah ins Telefon und trommelte gleichzeitig ungeduldig mit den Fingern auf die Tischplatte.

Tom brummelte ungehalten. »Da wusste ich auch noch nicht, dass es ums Plätzchenbacken geht! Was soll ich denn dabei? Das könnt ihr Frauen doch viel besser unter euch ausmachen.«

Hannah zuckte zusammen. »Autsch! Noch so ein frauenfeindlicher Spruch, und du bekommst von meinen Plätzchen nie wieder etwas ab!«

»Schon gut, entschuldige.« Tom wechselte das Telefon ans andere Ohr. »War nicht so gemeint. Aber ich muss doch nicht wirklich ...«

»Doch, Tom, unbedingt«, beharrte Hannah. »Wir wollen ja auch über die Dekoration sprechen. Du als Vorsitzender des Festausschusses musst einfach anwesend sein.« Sie hielt kurz inne. »Es wird bestimmt nett.«

Seufzend gab Tom nach. »Also schön. Wer kommt denn noch alles?«

»Ach, wie immer«, säuselte Hannah. »Renate, Sabine ... die Truppe halt.«

»Um drei?«

»Halb drei, wenn es dir nichts ausmacht.«

»Na, dann bis später.« Tom schaltete sein Telefon aus und verdrehte die Augen. Ein Nachmittag mit dem Mütterbeirat, wie Hannah die Frauenclique immer nannte, war nicht gerade das, was er unter einer netten Sonntagsbeschäftigung verstand. Viel lieber hätte er in Ruhe noch einmal über Tessa nachgedacht und einen Plan geschmiedet, wie er die Mauer aus Abwehr, die sie um sich errichtet hatte, durchbrechen könnte. Seit er sie wiedergesehen hatte und noch mehr, seit sie sich gestern kurz so nahe gekommen waren, hatte er begriffen, dass sie die Frau war, mit der er zusammen sein wollte. Und wenn das bedeutete, auch für ihren Sohn zu sorgen, würde er diese Aufgabe mit Freude übernehmen. Er mochte Lukas; der Junge war ihm in kurzer Zeit ans Herz gewachsen, und das nicht erst, seit er wusste, wer Lukas' Mutter war. Schon seit er den Posten als Fußballtrainer des Sportvereins übernommen hatte, war der Junge ihm aufgefallen. Fast bildete er sich ein, eine besondere Verbindung zu ihm zu verspüren. Einen Sohn wie Lukas hätte er gern gehabt. An dem Abend, als er Tessa zum ersten Mal wiederbegegnet war, hatte er sogar für einen kurzen Moment mit dem Gedanken gespielt, er könne der Vater des Jungen sein. Lukas war neun Jahre alt – von der Zeit her wäre es also durchaus möglich gewesen. Tessa hatte jedoch keinerlei Andeutungen in diese Richtung gemacht.

Seufzend griff er noch einmal zum Telefon, denn es gab noch jemanden, dessen Zweifel er zerstreuen musste.

»Winkmann«, erklang die Stimme seiner Mutter am anderen Ende der Leitung.

»Hallo, Mutti. Wie geht es dir?«

»Gut, wie immer, mein Junge.« Im Hintergrund klapperte Geschirr.

Tom hob die Brauen. »Störe ich?«

Lina lachte. »Aber nein, ganz und gar nicht. Heinz-Georg leistet mir heute Nachmittag ein bisschen Gesellschaft. Warum rufst du an? Hast du etwas auf dem Herzen?«

Im wahrsten Sinne des Wortes, dachte Tom und musste über den sechsten Sinn seiner Mutter grinsen. »Ich habe dir etwas mitzuteilen«, begann er etwas umständlich.

»Oh oh«, kam es denn auch prompt aus dem Hörer. »Und das wäre?«

»Ich weiß jetzt, wie meine Zukunft aussehen soll.«

»Komm herein, Tessa, setz dich zu uns«, forderte Hannah sie auf, nachdem sie ihr den Mantel abgenommen hatte. Lukas war mit Mario gleich draußen geblieben, um mit ihm in seinem Baumhaus zu spielen. Da das Wetter heute zwar kalt, aber sonnig war, hatten die beiden Mütter nichts dagegen.

An dem großen Esstisch im Wohnbereich saßen bereits vier Frauen und Leon, der gerade mit interessiertem Nicken seiner Tischnachbarin zuhörte, dabei aber gleichzeitig hilfesuchende Blicke in Hannahs Richtung abschoss. Diese lächelte jedoch nur. »Hier ist noch ein Platz frei.« Sie wies auf einen der Stühle und setzte sich dann selbst Tessa gegenüber. »Renate und Sabine kennst du ja schon vom Elternbeirat, nicht wahr? Und das hier sind Ella und Katrin. Die beiden sind alleinerziehend, wie du.« Hannah machte eine ausholende Geste. »Ich weiß noch, wie das ist. Zum Glück habe ich den besten Mann auf der Welt gefunden.« Sie zwinkerte Leon zu und plauderte weiter. »Katrins Sohn spielt bei den Bambini-Kickern, und Sabines Tochter ist in der Handballgruppe des Vereins. Wir haben festgestellt, dass wir fünf – oder vielmehr wir sechs, denn nun bist du ja auch dabei, Tessa – die Einzigen sind, die überhaupt Lust haben, bei den Vorbereitungen zur Weihnachtsfeier zu helfen. Was hast du denn da mitgebracht?« Sie deutete auf die mit Alufolie abgedeckte Schüssel, die Tessa auf den Tisch gestellt hatte.

Tessa nahm die Folie ab, und sogleich ertönte ein vielstimmiges »Ah!« und »Oh, die sehen aber lecker aus!«

»Ich dachte, wenn es schon um Weihnachtsplätzchen geht, bringe ich euch gleich mal eine kleine Kostprobe mit, um euch zu zeigen, dass ich mich für die Aufgabe eigne.«

»Eine tolle Idee!«, rief Renate und schüttelte dabei ihre kurzen blonden Haare. Sie nahm sich ein Plätzchen, biss hinein und verdrehte genießerisch die Augen. »Hervorragend!

Die kommen schon mal unbedingt auf unsere Liste«, beschied sie. Dann blickte sie auf ihre Uhr. »Wir sollten langsam anfangen, finde ich. Wann wird denn unser verehrter Herr Ausschussvorsitzender hier sein, Hannah?«

Hannah blickte ebenfalls auf die Uhr. »Tom hat versprochen, gegen halb drei hier zu sein. Es kann also nicht mehr lange dauern.«

»Tom?«, rutschte es Tessa erschrocken heraus. Rasch biss sie sich auf die Lippen und bemühte sich um eine gleichgültige Miene. »Tom kommt heute auch?«

Hannah nickte mit einem strahlenden Lächeln. »Aber ja doch. Als Vorsitzender muss er doch bei allen Planungen dabei sein, oder etwa nicht?«

»Ach, Hannah, würdest du mich bitte kurz entschuldigen? Ich möchte mich rasch noch einmal frisch machen«, fiel Katrin ihr ins Wort und stand auf. »Ihr könnt ja schon mal ohne mich anfangen.«

»Das ist eine gute Idee, Katrin. Warte, ich komme mit.« Auch Ella erhob sich und folgte Katrin ins Gästebad.

Renate kicherte. »Hab ich's mir doch gedacht. Die beiden sind bestimmt nur im Ausschuss, weil sie hoffen, auf diese Weise die Aufmerksamkeit unseres geschätzten Fußballtrainers auf sich zu ziehen. Verstehen kann ich sie ja. Wäre ich selbst nicht glücklich verheiratet, hätte ich bestimmt auch schon ein Auge auf Tom Winkmann geworfen. Merkwürdig, dass ihn bisher noch keine Frau eingefangen hat. Aber bei seinem Aussehen kann er ja auch wirklich wählerisch sein, was? Und wie man munkeln hört, ist er auch sonst kein schlechter Fang. Wenn man nur das Haus nimmt, das er sich hat bauen lassen. Wie viel hat es gekostet, sagtest du, Hannah?«

Hannah lachte. »Dazu habe ich nie etwas gesagt, Renate. Werde ich auch nicht. Das ist ganz allein Toms Angelegenheit.« Lauschend hob sie den Kopf. »Wenn man von der Sonne spricht ... Ich glaube, da kommt er gerade.«

Normalerweise wäre Tom zu Fuß gegangen, doch just, als er das Haus verlassen hatte, begann es zu regnen. Auf dem kurzen Weg zum Forsthaus haderte er mit seinem Schicksal, das ihn dazu verdammte, einen Nachmittag in Gesellschaft klatschsüchtiger Mütter zu verbringen. Womöglich auch noch einiger unverheirateter. Dafür schuldete Hannah ihm einen ziemlich großen Gefallen.

Als er sein Auto am Straßenrand parkte, erblickte er jedoch Tessas Wagen; schlagartig stieg seine Laune rasant an. Sie hatte ihm gar nicht erzählt, dass sie sich auch am Festausschuss beteiligen wollte. War das vielleicht der Termin, den sie gestern vorgeschoben hatte, um einen Grund zu haben, seine Einladung abzulehnen? »Na warte«, murmelte er grinsend.

Bevor er den Klingelknopf drücken konnte, flog die Haustür bereits auf. »Hallo, Tom, komm rein!« Hannah zog ihn am Ärmel seines Parkas ins Haus. »Die anderen sind schon alle da. Leon wird froh sein, ein wenig männliche Unterstützung zu bekommen.«

»Dann will ich mal mit in die Höhle der Löwinnen gehen«, antwortete er heiter und folgte ihr. Im Wohnzimmer angekommen, gab er freundlich jeder der Frauen die Hand.

»Dies hier ist Tessa«, sagte Hannah zu ihm. »Sie ist die Mutter einer deiner …«

»Ich weiß.« Tom lächelte und ergriff nun auch Tessas Hand. Ihr verlegener Blick veranlasste ihn, ihr aufmunternd zuzuzwinkern.

Hannah blickte erstaunt zwischen ihnen hin und her. »Ihr kennt euch? Ich dachte …«

»Wir sind uns schon begegnet«, antwortete Tom. »Nicht wahr, Tessa?« Ehe sie antworten konnte, blickte er auffordernd in die Runde. »Also los, lasst uns anfangen. Ich bin sicher, ihr habt jede Menge guter Einfälle für die Weihnachtsfeier.«

Renate nahm dies als ihr Stichwort und begann sogleich, ihre Ideen vor den anderen auszubreiten. Schon bald war sie mit Sabine, Ella und Katrin in eine lebhafte Diskussion über Plätzchensorten und die Farben der Servietten verwickelt. Hannah und Tessa beteiligten sich nur sporadisch am Gespräch. Leon und Tom zogen sich unauffällig ein Stückchen zurück und beobachteten das Geschehen in einträchtigem Schweigen.

Zwischendurch servierte Hannah Kaffee, Kakao und Kuchen. Als sie später das Geschirr wieder abräumen wollte, stand Tessa eilig auf. »Ich helfe dir«, bot sie an und griff nach der leeren Kaffeekanne und einem Stapel Teller.

In der Küche drehte Hannah sich zu ihr um. »Ich schätze, du hattest ähnliche Fluchtgedanken wie ich, was? Renate kann ziemlich anstrengend sein.«

Tessa nickte nur vage und erschrak, als die Küchentür aufging und Tom hereinkam. Er hielt die restlichen Tassen in der Hand und stellte sie zu den anderen auf die Anrichte. »Renate fragt nach dir.« Er lächelte Hannah zu. »Irgendwas wegen Weihnachtsmann-Figuren, die sie auf die Tische stellen will.«

»Ach herrje, noch eine neue Idee? Ich sollte vielleicht lieber vorher das Geschirr in die Spülmaschine räumen.«

»Ach was, das schaffen wir auch ohne dich.« Tom scheuchte sie mit einer nachlässigen Handbewegung hinaus und öffnete mit der anderen Hand bereits den Geschirrspüler.

»Also gut.« Mit einem entschuldigenden Blick auf Tessa ging Hannah zurück ins Wohnzimmer.

Kaum war sie zur Tür hinaus, zog Tom die überraschte Tessa nah zu sich heran und hauchte ihr einen Kuss auf die Lippen. Sofort hatte sie das Gefühl, von kleinen elektrischen Ladungen durchzuckt zu werden.

»Hey«, brachte sie mit etwas Verspätung und weniger Autorität als geplant heraus.

Tom zwinkerte ihr erneut lächelnd zu. »Was für eine Überraschung! Das wird bei uns anscheinend zu Gewohnheit. Wenn ich gewusst hätte, dass du heute hier bist, hätte ich nicht den ganzen Vormittag an einer Ausrede herumfeilen müssen, weshalb ich nicht herkommen kann.«

»Ausrede?«

Tom griff nach den Tellern und stellte sie ordentlich in die Spülmaschine. »Hättest du nicht auch gern eine, die dich vor Renates Anschlägen auf deine Freizeit bewahrt? Man meint, sie plane ein Staatsbankett! Ich weiß gar nicht, wie wir diese ganzen Dekorationen in so kurzer Zeit beschaffen sollen. Vor allem, wenn ich daran denke, wie wenig geschickt sich Leon mit Hammer und Säge anstellt.«

Tessa kicherte. »Ich bin zum Glück nur für die Plätzchen zuständig.«

»Sehr weise.« Nachdem Tom auch noch die letzte Tasse in der Maschine verstaut und die Tür geschlossen hatte, zog er Tessa noch einmal an sich. »Wenn wir hier raus sind, ist es zwar schon dunkel, aber noch nicht sehr spät. Und nach den ganzen süßen Sachen steht mir der Sinn nach etwas Herzhaftem. Machst du noch immer diese himmlischen Spaghetti Carbonara?«

»Ja.« Tessa versuchte, sich aus seiner Umarmung zu befreien. Nicht auszudenken, wenn jemand sie beide sah!

»Das trifft sich gut.« Tom küsste sie trotz ihrer Gegenwehr. »Ich habe die Zutaten zufällig alle daheim.«

»Dann viel Spaß beim Kochen.«

»Den werden wir ganz bestimmt haben.« Er küsste sie noch einmal.

»Wir?« Atemlos blickte sie in sein Gesicht, auf dem sich ein verschmitztes Grinsen ausbreitete.

»Oh, ich dachte daran, Lukas nachher zum Essen bei mir einzuladen. Ruprecht hat schon nach ihm gefragt. Und wenn du nichts Besseres vorhast, kannst du dich uns gerne anschließen.«

Tessa holte tief Luft. »Hör mal, Tom. So geht das nicht.«

»Warum nicht? Hast du etwas Besseres vor, als für deinen Sohn zu kochen? Würdest du das nicht zu Hause auch machen?«

»Darum geht es doch gar nicht. Ich kann aber nicht ...«

»Bitte, Tessa. Ich möchte etwas Zeit mit dir verbringen. Mit dir und Lukas. Wie sonst sollen wir denn herausfinden, ob wir für den jeweils anderen Platz in unserem Leben haben?«

»Ich …« Tessa schüttelte den Kopf. »Also gut, meinetwegen. Aber das hat nichts weiter zu bedeuten!«

»Wie du meinst.« Tom gab ihr einen letzten Kuss und verließ die Küche.

Tessa schloss kurz die Augen, um sich zu sammeln, dann ging sie ihm nach.

»Ihr habt aber lange gebraucht, um die paar Teller und Tassen wegzuräumen«, empfing Renate die beiden und musterte sie mit anzüglichen Blicken.

Tessa zuckte zusammen, doch Tom lachte nur erheitert. »Ach, weißt du, bei der Küchenarbeit kommen mir manchmal die besten Ideen.«

»Ach ja?«

»Jawohl. Und da die Gelegenheit günstig war, habe ich Tessa gleich nach ihrer Meinung gefragt. Sie macht doch diese hübschen Gestecke in ihrem Laden, und da kam mir der Einfall, wir könnten anstelle der kleinen Weihnachtsmänner, Schalen mit Tannenzweigen und Weihnachtsschmuck auf die Tische stellen. Tessa würde sie uns sehr günstig zusammenstellen, nicht wahr, Tessa?«

»Ähm …« Tessa sah ihn irritiert an, nickte aber sicherheitshalber.

»Siehst du, Renate, und dann könnten wir außerdem …«

In diesem Moment sprang die Tür auf, und Lukas und Mario kamen hereingepoltert. »Mama, dürfen wir Kuchen mit ins Baumhaus nehmen?«, fragte Mario.

»Sicher, warum nicht?« Hannah nickte. »Aber jeder nur ein Stück!« Sie blickte auf ihre Armbanduhr. »Wo bleibt eigentlich Paula? Sie wollte doch so gerne bei unseren Planungen dabei sein.«

»Hier bin ich«, rief in diesem Moment ihre Tochter und betrat ebenfalls das Wohnzimmer. Sie trug noch ihren Anorak, ihre Wangen waren von der kalten Luft gerötet. Um ihre Beine wuselte ein schwarzer Labrador, über dessen rechtem Auge ein beigefarbener Fleck prangte. »Tante Linda konnte uns nicht eher herfahren«, berichtete sie. »Heute ist ein neues Kälbchen geboren worden, und weil Onkel Peter doch heute die neuen Hühner holt, musste sie selbst aufpassen.«

»Ist Tante Linda schon wieder weg?«, fragte Hannah, woraufhin Paula nur nickte.

»Also gut, dann setz dich zu uns, wenn du magst.«

Mario hatte indes einen Teller geholt und hievte nun zwei große Stücke Kuchen darauf. Lukas hielt eine Flasche Limonade in der Hand.

»Los, gehen wir wieder!«, rief Mario. »Papa, kommst du auch mal kurz mit raus? Oben an der Leiter zum Baumhaus ist eine Sprosse locker.«

Leon wollte sich gerade erheben, als Tom ihn aufhielt. »Warte, lass mich das lieber machen. Ich kann mich noch dunkel daran erinnern, wie laut du geflucht hast, als du das Baumhaus gebaut hast.«

»Tu dir keinen Zwang an. Ich reiße mich nicht darum.« Leon ließ sich erleichtert wieder auf seinen Stuhl zurücksinken.

»Au ja, komm mit, Tom!« Lukas nahm Tom ganz selbstverständlich an der Hand und zog ihn mit sich. Mario folgte ihnen, und beide Jungen redeten aufgeregt auf Tom ein.

»Ach je, jetzt haben sie natürlich die Gabeln vergessen.« Hannah stand auf und ging zur Tür. »Ich bringe ihnen rasch welche raus. Baumhaus hin oder her, mit den Händen essen sollten die beiden lieber nicht, sonst haben wir gleich zwei Schokoladenmonster.« Sie wandte sich an Tessa. »Hast du das Baumhaus schon mal gesehen?«

Tessa schüttelte den Kopf. »Nein, das Vergnügen hatte ich noch nicht.«

»Dann komm mal mit. Ein Wunderwerk der Baukunst.« Hannah lächelte. »Außerdem habe ich mich sozusagen am Fuße dieses Baumes damals in Leon verliebt.«

»Tatsächlich?« Tessa stand auf und ging hinter Hannah her in den Flur.

»O ja, die Geschichte erzähle ich dir bei Gelegenheit.«

»Also da soll mich doch …« Kaum waren die beiden aus dem Wohnzimmer, da blickte Renate die übrigen Frauen nacheinander mit großen Augen an. »Habt Ihr das mitbekommen?«

»Was denn?«, fragte Sabine arglos. »Die Geschichte von Hannah und Leon kennen wir doch alle.«

»Das doch nicht!« Aufgeregt winkte Renate ab. »Habt ihr nicht bemerkt, dass Tom den ganzen Nachmittag Tessa nicht für einen Moment aus den Augen gelassen hat? Für uns andere hatte er nicht einmal einen winzigen Blick übrig. Schon gar nicht für Katrin oder Ella.« Bedauernd sah sie die beiden Freundinnen an. »Tut mir leid für euch.«

»Stimmt, jetzt, wo du es sagst …« Sabine tippte sich nachdenklich gegen die Nase.

»Und noch etwas.« Renate hatte verschwörerisch die Stimme gesenkt. Sogleich richteten sich alle Blicke gespannt auf sie. »Ist euch aufgefallen, wie ähnlich Tessas Junge dem lieben Tom sieht?«

»Lukas?« Sabine legte den Kopf auf die Seite. »Darauf habe ich nicht geachtet.«

»Das ist doch ganz offensichtlich!«, beharrte Renate. Sie wandte sich an Leon. »Sag du doch auch mal was dazu!«

Leon blickte sie etwas unwillig an. »Was soll ich dazu sagen?«

»Himmel!« Renate verdrehte die Augen. »Er ist doch dein Cousin, oder nicht?«

Leon zuckte mit den Schultern. »Deshalb mische ich mich aber noch lange nicht in seine Angelegenheiten ein.«

»Männer«, stöhnte Sabine.

Renate fuchtelte mit einer Hand vor den Gesichtern der anderen herum. »Ich sage euch, da ist was im Busch!«

12. Kapitel

»Santa? Wo bleibst du denn?« Elf-Zwei betrat das Büro des Weihnachtsmanns und blickte sich suchend um. »Die Elfen-Brigade steht draußen bereit und wartet auf deine Anweisungen zur heutigen Wunscherfüllung!«

»Ja, ja, gleich.« Santa Claus winkte nachlässig ab, ohne seinen Blick von Bildschirm neun zu nehmen.

»Was machst du da?« Interessiert trat Elf-Zwei näher.

»Ich beobachte. Schau!« Er deutete aufgeregt auf die Bilder, die der Bildschirm lieferte. »Da geht etwas vor, und ich weiß partout nicht, was.«

»Habt ihr noch immer nicht herausgefunden, was es mit diesen Leuten auf sich hat?«

Santa Claus schüttelte betrübt den Kopf. »Gestern habe ich alle E-Mails überprüft, in den Spam-Ordner geschaut … Ich finde keinen Anhaltspunkt.«

»Vielleicht ist der Wunschzettel, um den es geht, bei der Post verlorengegangen«, schlug Elf-Zwei vor.

Nachdenklich hob der Weihnachtsmann nun doch seinen Blick vom Bildschirm. »Meinst du? Aber wenn er nicht hier angekommen ist, kann sich der Wunsch doch eigentlich nicht so stark manifestieren. Ach, es ist zum Verrücktwerden!«

Elf-Zwei zuckte mit den Schultern. »Wenn du dich aufregst, änderst du doch nichts. Die Sache wird sich bestimmt noch aufklären. Und vergiss bitte nicht, da draußen warten noch sehr viele andere Kinder darauf, dass du ihre Wünsche erfüllst.«

»Ach ja, die Elfen-Brigade.« Santa Claus seufzte. »Also gut, lass uns nach draußen gehen. Ich habe für heute schon einen sehr ausgeklügelten Plan entworfen …«

Die beiden verließen das Büro, ließen jedoch die Tür offenstehen. Da das Fenster auf Kipp stand, wehte wieder einmal eine Windbö in das Zimmer und raschelte in einigen Papieren auf dem Schreibtisch, auf die der Weihnachtsmann einen tannenbaumförmigen Briefbeschwerer gelegt hatte.

Und wie schon einmal verstärkte sich der Luftzug durch die offene Tür und pfiff bis hinaus ins Vorzimmer. Dabei ließ er auch einen einzelnen, dicht beschriebenen Briefbogen flattern, der sich hinter dem Fuß eines Bücherregals verfangen hatte.

13. Kapitel

»Das war ein toller Tag, Mama!« Lukas kuschelte sich gemütlich unter seine Bettdecke und lächelte Tessa zu, die rasch noch ein paar Kleidungsstücke vom Boden aufsammelte und in den Wäschebehälter warf. »Tom ist total nett, oder?«

»Hm?« Tessa drehte sich zu ihrem Sohn um und ließ sich dann auf der Bettkante nieder. »Ja, das ist er wohl.«

»Ich mag ihn gern.« Lukas grinste schläfrig. »Du auch?«

»Ja, also ...« Tessa zögerte.

»Das war eine super Idee mit dem Kochen heute. Die Spaghetti waren lecker. Das hat Tom auch gesagt. Und Ruprecht mochte sie auch.«

»Ruprecht?« Tessa schüttelte tadelnd den Kopf. »Schatz, Spaghetti Carbonara sind doch kein Hundefutter! Wann hast du ihm denn davon gegeben?«

»Och, so zwischendurch halt.« Als Lukas ihr auf die gleiche verschmitzte Weise zuzwinkerte, wie Tom es häufig tat, zuckte Tessa leicht zusammen. Umständlich drehte Lukas sich auf die Seite. »Ich glaube, Tom mag dich gern.«

»Ach ja?«

»Ja, weil er dich den ganzen Abend so angeschaut hat.« Mit übertrieben großem Blick und heftigem Wimpernschlag sah Lukas zu ihr auf, dann lachte er. »Und du hast genauso zurückgeguckt.«

»Wie bitte?« Erschrocken starrte Tessa ihren Sohn an.

»Na ja, vielleicht nicht ganz so. Aber du magst ihn doch auch, oder nicht?« In seine Stimme war ein leises Drängen getreten. Ehe sie antworten konnte, fragte er bereits weiter: »Wann war das eigentlich, als ihr mal zusammen wart? Ist das schon lange her?«

»O ja, sehr lange, mein Schatz. Das war noch vor deiner Geburt.« Tessa haderte mit sich. War es nicht besser und zudem eine Sache der Fairness, Lukas die Wahrheit zu sagen? Doch was würde das für sie selbst bedeuten? Würde sie damit nicht tatsächlich Tom wieder in ihr Leben lassen – und das weit mehr, als sie vielleicht würde ertragen können?

»Und warum habt ihr euch wieder getrennt damals?«

Tessa zögerte. Sie spürte, dass sie auf dünnes Eis geriet. »Weißt du, es hat einfach nicht geklappt mit uns. So etwas kommt vor.«

»Habt ihr euch gestritten?«

»Nein, nicht direkt. Die Sache war ... ist kompliziert. Wir waren einfach noch zu jung, um zusammenbleiben zu können.«

»Aber jetzt seid ihr älter«, stellte Lukas unumwunden fest.

Aber sind wir deshalb auch klüger?, fragte Tessa sich.

»Also könntet ihr jetzt wieder zusammen sein«, folgerte Lukas und blickte sie erwartungsvoll an.

Seufzend strich Tessa ihm eine blonde Locke aus der Stirn. »Lukas, ganz so einfach, wie du dir das vorstellst, ist das nicht.«

»Warum nicht? Wenn ich euch mögt ...« Lukas schob sich

einen Arm unter den Kopf. »Wenn ihr damals zusammengeblieben wäret, wäre Tom heute mein Papa, oder?«

Tessa zuckte erschrocken zusammen und suchte nach Worten.

»Weißt du eigentlich, wo mein richtiger Vater heute ist?«

»Ähm …« Tessa schluckte und räusperte sich verzweifelt. In diesem Moment wurde sie jedoch vom Klingeln ihres Telefons erlöst. Rasch stand sie auf. »Schlaf jetzt, mein Schatz. Wir reden morgen weiter, ja?«

»Okay. Gute Nacht, Mama.«

Tessa löschte das Licht und zog die Tür hinter sich zu. Dann griff sie nach dem Telefon.

»Lamberti?«

»Hi, Tessa, wie geht's?«

»Sophie!« Tessa lächelte erfreut, als sie die Stimme ihrer jüngeren Schwester erkannte. Eilig ging sie ins Wohnzimmer hinüber, schloss auch dort die Tür und setzte sich auf die Couch. »Bin ich froh, dass du anrufst! Wo steckst du? Ich konnte dich seit Tagen nicht erreichen.«

»Ich weiß, mein Handy war kaputt. Was ist denn los? Du klingst so merkwürdig.«

»Ich kann nicht am Telefon mit dir darüber sprechen.«

»So schlimm?«

Tessa seufzte. »Ehrlich gesagt: Ich weiß es nicht.« Sie machte eine kurze Pause. »Thomas ist wieder da.«

»Was? O Gott, Tessa, du liebe Zeit.« Sophies Stimme überschlug sich fast. »Ich komme zu dir, sobald ich kann. Ich wollte sowieso … Das erzähle ich dir, wenn ich da bin. Hast du eine Gästeliege oder so was?«

»Nein, aber ...«

»Egal, ich nehme mir ein Hotel, bis meine Wohnung bezugsfertig ist. Pass auf, ich regele hier alles und bin so schnell es geht bei dir, ja? Gib mir eine Woche, höchstens zehn Tage.«

»Ja, danke, Sophie. Aber ...« Tessa stockte und runzelte die Stirn. »Von was für einer Wohnung sprichst du denn da? Hast du vor umzuziehen?«

»Äh, ja. Ich komme wieder nach Deutschland. Genau genommen ziehe ich zu dir, also in die Stadt. Weißt du, ich will endlich mein eigenes Fotostudio eröffnen. Das wollte ich dir ja eigentlich erzählen. Aber das muss jetzt warten. Ich fange sofort an zu packen, okay? Mach's gut, mein Schatz. Und Kopf hoch. Ich hab dich lieb!«

Es knackte in der Leitung, als Sophie die Verbindung unterbrach. Tessa starrte überrascht ihr Telefon an.

»Guten Tag, die Dame. Was kann ich für Sie tun?« Mit einem freundlichen Lächeln ging Pierre auf die Kundin zu, die gerade den Laden betreten hatte und sich neugierig umsah.

Sie musterte ihn eingehend, dann lächelte sie ebenfalls. »Guten Tag. Ich möchte gern mit Frau Lamberti sprechen, falls sie da ist.«

»Das ist sie. Einen Moment bitte.« Pierre ging zu einer unauffälligen schmalen Tür, die in Tessas winzigen Büroraum führte. »Tessa?« Er verstummte, denn sie telefonierte gerade. Mit Handzeichen gab er ihr zu verstehen, dass eine Kundin nach ihr gefragt hatte. Dann ging er in den Laden zurück. »Sie kommt gleich.«

»Ja, bitte?« Tessa hatte das Gespräch bereits beendet und

trat nun ebenfalls durch die Tür. »Was kann ich …« Sie stockte, als sie die Kundin erkannte. »Frau Winkmann, guten Tag!«

»Hallo, Tessa.« Lina Winkmann lächelte ihr zu. »Wenn ich mich recht erinnere, waren wir schon einmal bei den Vornamen angekommen, oder nicht? Es ist zwar schon lange her …«

»Das ist es wirklich«, bestätigte Tessa.

»Ich würde mich gern mit dir unter vier Augen unterhalten.« Lina hielt nichts davon, um den heißen Brei herumzureden.

Tessa nickte. »Gehen wir in mein Büro.« Sie bedachte Pierre mit einem kurzen Blick; er nickte ihr aufmunternd zu.

Nachdem die beiden Frauen in dem kleinen Arbeitszimmer Platz genommen hatten, kam Lina gleich auf den Grund ihres Besuchs zu sprechen. »Tom und du, ihr seid wieder zusammen, habe ich gehört.«

Tessa schluckte. »Ähm, nicht so richtig. Noch nicht. Ich meine …«

»Es ist mir gleich, wie du es nennst«, unterbrach Lina sie. »Ihr seid euch wieder begegnet, und nach dem, was Tom mir gegenüber angedeutet hat, seid ihr euch wieder nähergekommen.«

Tessas Miene verschloss sich. »Und das gefällt dir nicht. Ist es das, was du mit mitteilen willst?«

Lina lächelte innerlich über Tessas Reaktion, blieb jedoch äußerlich ganz ernst. »Ich war besorgt«, gab sie zu. »Ihr wart damals beide noch sehr jung und eure Affäre recht stürmisch.«

Tessas Kopf ruckte hoch. »Es war mehr als eine Affäre!«

»Vielleicht.« Lina nickte ihr zu. »Im Nachhinein wurde mir das auch klar. Damals dachte ich jedoch, du seiest eines dieser Groupies, die auf der Suche nach einem reichen Mann sind.«

Sprachlos starrte Tessa sie an. Ihr fiel beim besten Willen keine Erwiderung darauf ein. Lina schien jedoch auch keine Antwort zu erwarten, denn sie sprach bereits weiter: »Versteh mich nicht falsch, ich hatte – und habe – nichts gegen dich persönlich, im Gegenteil. Aber die Vermutung lag nahe, dass du eines dieser Mädchen warst. Tom sieht gut aus, er war damals gerade auf dem Weg, eine große Karriere im Profifußball zu machen. Ich habe ihn darin immer unterstützt. Er sollte alles erreichen, was er sich wünschte. Schließlich hatten wir es nach dem Tod seines Vaters nicht immer leicht.«

»Du dachtest, ich würde ihn aufhalten?«

Lina schüttelte den Kopf. »Ich dachte, ihr würdet einander aufhalten. Liebe Zeit, Tom war gerade einundzwanzig, du fast zwei Jahre jünger!«

Tessa verstand plötzlich. »Hast du ihn überredet, die Beziehung zu mir zu beenden?«

Lina faltete die Hände im Schoß. »Ich habe ihm nahegelegt, darüber nachzudenken, und ich bestreite nicht, dass ich froh war, als er meinen Rat befolgte. Aber ...« Sie hob eine Hand, als Tessa empört Luft holte. »Ich weiß auch, dass es ihm nicht leichtfiel.«

»Ein schwacher Trost«, murmelte Tessa.

Lina nickte. »Mag sein.« Ihr Blick wanderte durch den

Raum und blieb an einem gerahmten Foto an der Wand hinter Tessa hängen, das Lukas zeigte, der grinsend und in voller Fußballmontur einen kleinen silbernen Pokal in die Kamera hielt. Ihre Augen weiteten sich. »Vielleicht habe ich dich damals unterschätzt«, sagte sie vorsichtig. »Wie ich sehe, hast du dein Leben heute gut im Griff. Du hast ein schönes Geschäft, ziehst deinen Sohn alleine groß ... Warum hast du es Tom nicht gesagt?«

Tessa drehte sich selbst kurz zu dem Foto um, dann hob sie die Schultern und antwortete spröde: »Hätte ich damit nicht das Klischee bestätigt?«

Linas Gesichtszüge wurden weich. »Ein Kind hätte ...«

»Alles verändert, ja.« Tessa stand auf. »Hör zu, Lukas ist mein Sohn und damit auch mein Problem. Ich hielt es damals für besser, Toms Träumen nicht im Weg zu stehen.«

»Du stellst keine Ansprüche an ihn.«

»Nein. Und ich weiß auch nicht, ob es gut ist, dass wir ...«

»Weiß er es inzwischen?«

»Nein.«

Lina erhob sich ebenfalls. »Warum nicht?«

Als Tessa nicht darauf antwortete, lächelte Lina. »Hör zu, ich werde ganz sicher nicht den Fehler begehen, mich noch einmal in eure Angelegenheiten einzumischen.«

»Ach nein?«

»Ganz sicher nicht. Du musst wissen, was du tust. Aber ich weiß, dass Tom schon wieder große Pläne hat.« Sie lächelte. »Er ist ein Mann von schnellen Entschlüssen. Bitte sorg dafür, dass ihr einander nicht noch einmal derart wehtut.« Mit diesen Worten wandte sie sich ab und verließ das

Büro. Wenig später vernahm Tessa das leise Schleifen der Ladentür.

Ermattet und verwirrt sank Tessa zurück auf ihren Stuhl.

»Was war das denn?« Pierre trat zu ihr und ergriff ihre Hand. »Habe ich das richtig mitbekommen? War das etwa der Schwiegerdrachen?«

Tessa musste wider Willen lachen. »Sieht ganz so aus.«

»Was wollte sie von dir?«

»Wenn ich das wüsste.«

Tom ärgerte sich ein wenig, weil ihm sein voller Terminplan und die zusätzlichen Verpflichtungen, die die Vorbereitungen zur Weihnachtsfeier ihm auferlegten, keine Möglichkeit ließen, sich in den folgenden Tagen noch einmal mit Tessa zu treffen. Zwar hatten sie zweimal kurz telefoniert, aber sie war jedes Mal so distanziert gewesen, dass es ihm geradezu körperlich wehtat. Die Mauer, die sie um sich errichtet hatte, war massiver, als er zunächst angenommen hatte, und sie pflegte sie mit äußerster Sorgfalt. Dennoch glaubte er nicht, dass ihn sein Gefühl täuschte. Tessa empfand ebenso noch etwas für ihn wie er für sie. Ihre Angst, erneut enttäuscht zu werden, verstand er sehr wohl. Doch wie in aller Welt sollte er ihre Sorgen zerstreuen, wenn er dazu verdonnert war, meterhohe Stapel von Einladungen einzutüten?

Missmutig schob er eine weitere Einladung in einen Umschlag und klebte ihn zu. Zu seinen Füßen hatte sich Ruprecht zusammengerollt und nagte hingebungsvoll an einem Kauknochen aus Rindsleder. Plötzlich sprang er auf, bellte empört und raste zur Tür hinaus. Überrascht hob Tom den Kopf; im nächsten Moment klingelte es an der Haustür.

Zwar erwartete er niemanden, doch kurz durchzuckte ihn die vage Hoffnung, Tessa könnte sich zu einem Besuch entschlossen haben – oder zumindest Lukas, der schon seit einiger Zeit nicht mehr hier gewesen war, weil er für zwei Klassenarbeiten lernen musste.

Dem ungewöhnlich aggressiven Gebell seines Hundes entnahm Tom jedoch, dass ein Fremder vor der Tür stehen musste. Als er öffnete, lächelte er überrascht. »Katrin, hallo! Was machst du denn hier?« Ärgerlich blickte er auf den Hund hinab, der noch immer wütend bellte und sogar dabei knurrte. »Hey, Ruhe jetzt. Das ist doch kein Einbrecher, Ruprecht!«

»Der ist aber niedlich!«, rief Katrin und beugte sich über Ruprecht, richtete sich jedoch sogleich wieder erschrocken auf, als er sie anknurrte.

»Schluss jetzt, du kleines Scheusal.« Tom schüttelte erbost den Kopf. »Geh sofort in dein Körbchen!«

Ruprecht blickte fragend zu ihm auf, ging dann aber gehorsam ins Wohnzimmer auf seinen Platz. Das Brummeln, das er dabei ausstieß, klang wie ein verärgertes Schimpfen.

»So etwas.« Tom trat von der Tür zurück. »Ich weiß nicht, was in ihn gefahren ist. So führt er sich normalerweise nicht auf. Komm doch herein, Katrin.«

»Macht doch nichts. Bestimmt ist er nur misstrauisch, weil er mich noch nicht kennt.« Katrin folgte ihm lächelnd in den Flur und ließ sich aus ihrer Jacke helfen. »Entschuldige, dass ich dich so einfach überfalle, aber Renate erzählte mir, dass du mit den Einladungen beschäftigt bist, und da dachte ich, du könntest vielleicht Hilfe brauchen. Außerdem kann ich nachher schon einen Stapel fertiger Einladungen mit zur Post nehmen, wenn es dir recht ist.«

»Aber klar, eine gute Idee.« Tom führte sie in sein Arbeitszimmer und bot ihr einen Stuhl an. Katrin ging aber zunächst zu einem der Fenster, die, wie die Wohnzimmerfenster, mit Blick zum Garten lagen. »Schön hast du es hier«, sagte sie und drehte sich lächelnd zu ihm um. »Ein Wahnsinnshaus. Aber fühlst du dich hier so ganz allein nicht manchmal einsam?«

Tom trat neben sie und blickte ebenfalls kurz hinaus. »Nein, eigentlich nicht. Und ich habe auch nicht vor, hier lange allein zu bleiben.«

»Ach nein?«

»Nein. Weißt du, ich habe ... andere Pläne.« Tom dachte an Tessa, seine Lippen verzogen sich ebenfalls zu einem Lächeln. Beunruhigt bemerkte er, wie Katrin näher zu ihm heranrückte.

»Und was sind das für Pläne?« Ehe er etwas sagen konnte, ergriff sie wie zufällig seine Hand. »Dies wäre ein wunderbarer Ort für eine Familie, nicht wahr? Für Kinder ... du hast einen tollen Garten da draußen. Und der Wald ist nur einen Steinwurf entfernt.«

»Ähm ja.« Tom räusperte sich. »Das ist wohl so. Aber ich ...«

»Ach, entschuldige.« Katrin ließ seine Hand los und lachte übertrieben heiter. »Jetzt habe ich dich erschreckt, nicht wahr? Das wollte ich nicht. Aber weißt du, wenn ich dich ansehe ... na ja, mir sind meine Fantasien einfach ein bisschen zu rasch von der Zunge gehüpft. Auf keinen Fall will ich dich zu irgendwas drängen.«

»Drängen?« Irritiert versuchte Tom, mit Katrins Gedankengang mitzuhalten. Bei ihren nächsten Worten runzelte er die Stirn.

»Ich bin froh, dass Renate mir den Tipp mit den Einladungen gegeben hat. Andernfalls hätte ich mich wohl nicht getraut ... Nun ja, jetzt bin ich ja hier ... bei dir.« Wieder nahm sie seine Hand und trat ganz nah zu ihm heran.

Aus dem Wohnzimmer erklang ein ungehaltenes Knurren, doch auch ohne Ruprechts offenbar guten Instinkt hatte Tom jetzt begriffen, worauf Katrin aus war. Sie hatte den Kopf gehoben und sah ihm mit einem Blick in die Augen, von dem er ganz deutlich die Aufforderung zu einem Kuss ablesen konnte.

Entschlossen trat er einen Schritt zurück und entzog ihr seine Hand. »Hör zu, Katrin, du bist wirklich nett, und ich enttäusche dich nur ungern, aber ...«

»Was?« Ihre Stimme klang ernüchtert.

»Ich sagte ja, ich habe andere Pläne.« Er suchte nach Worten und wusste, dass er garantiert die falschen wählen würde, ganz gleich, was er jetzt noch sagte. Andererseits hatte er ähnliche Situationen schon mehrfach erlebt und wusste ganz genau, dass zu viel Freundlichkeit und Verständnis die Angelegenheit nur noch schlimmer machen würden. »Du kommst darin nicht vor.«

»Ach so.« Um Katrins Mund bildete sich ein verkniffener Zug.

Tom wollte noch weitersprechen, doch da klingelte es erneut. Ruprecht fegte wie ein Wirbelwind zur Haustür und bellte – diesmal jedoch deutlich freudiger. »Entschuldige mich bitte kurz.« Froh, der unangenehmen Situation entfliehen zu können, eilte Tom ebenfalls zur Tür, vor der ein Paketbote stand und ihm einen Scanner samt Plastikstift zur Unterschrift unter die Nase hielt. »Zwei Pakete hab ich heute für Sie, Herr Winkmann«, sagte er und grinste, als Ruprecht freudig an ihm hochsprang. »Den haben Sie aber noch nicht lange.«

»Nein, stimmt. Ich habe ihn von meiner Mutter geerbt.«

»Oh, mein Beileid.«

»Wie?« Verblüfft sah Tom ihn an, dann lachte er. »O nein, nicht was Sie denken. Meine Mutter ist umgezogen und konnte den Hund nicht mitnehmen.«

»Ach so.« Nun grinste auch der Paketbote. »Eines der Pakete ist ziemlich sperrig.«

»Soll ich Ihnen helfen, es herzutragen?«

»Das wäre sehr nett.«

Während Tom mit dem Paketboten beschäftigt war, ging Katrin missmutig in seinem Arbeitszimmer auf und ab. Also hatte Renate doch richtig vermutet. Tom hatte sich anscheinend in diese Tessa verguckt. Katrin war sich sicher, dass sie bei Tom eine Chance gehabt hätte, doch nun konnte sie sich das schöne Haus und das angenehme Leben für sich und ihren Sohn Ronny wohl abschminken. Und erst recht die Aussicht auf eine schöne Romanze mit diesem unglaublich gutaussehenden Mann.

In Gedanken haderte sie mit ihrem Schicksal und fragte sich gerade, was an dieser Tessa wohl so besonders sein mochte, als ihr Blick auf ein Blatt Papier auf dem Schreibtisch fiel. Das englische Wort »Contract« – Vertrag – stach ihr ins Auge; interessiert trat sie näher. Beinahe erleichtert lächelte sie, als sie begriff, um was es sich bei dem Papier handelte.

Als Tom wenig später wieder ins Arbeitszimmer kam, hatte sie ein unverbindliches Gesicht aufgesetzt. »Ich denke, ich sollte jetzt gehen«, befand sie. »Soll ich schon ein paar Einladungen mitnehmen?«

Tom atmete erleichtert auf, weil ihm eine weitere Konfrontation offenbar erspart blieb. »Das wäre nett von dir. Hier in diesem Karton habe ich die ersten hundert Einladungen schon fertig sortiert und frankiert.«

»In Ordnung, dann mache ich mich mal vom Acker.« Katrin lächelte etwas gekünstelt, nahm sich den Karton und ihre Jacke und marschierte zur Tür. Als sie an Ruprecht vorbeikam, der sich wieder in sein Körbchen gelegt hatte, knurrte er sie noch einmal warnend an.

»Schon gut, schon gut, ich gehe ja schon«, murmelte sie eingeschnappt und verließ mit einem knappen Gruß in Toms Richtung das Haus.

Aufatmend schob er die Tür hinter ihr ins Schloss. Als Ruprecht neben ihm auftauchte, schüttelte er resignierend den Kopf. »Sag bloß, das hast du geahnt?«

Ruprechts Schwänzchen wedelte heftig, er verzog das Gesicht zu einem typischen Hundelächeln. »Wau«, sagte er.

»Also gut«, sagte Tom. »Aber das nächste Mal warnst du mich bitte etwas deutlicher!«

Zwei Wochen später fand das letzte große Vereins-Fußballturnier des Jahres statt. Obwohl die Mannschaft der E-Jugend, in der auch Lukas spielte, nach einem Unentschieden schon gegen vier Uhr nachmittags fertig gewesen war, blieb Tessa mit ihrem Sohn noch bis Turnierende im Stadion. Tom hatte ihnen einen Platz in der Nähe der Ersatzbank organisiert, so dass sie nicht nur die Spiele aus erster Reihe verfolgen, sondern auch ihm bei seiner Arbeit zusehen konnte.

Tessa gestand sich ein, dass er ihre Aufmerksamkeit fesselte. Sie kannte Toms Fähigkeiten als Fußballspieler, ihn nun jedoch als Trainer in seinem Element zu erleben, war vollkommen neu für sie. Seine Beliebtheit bei den jungen Spielern war unübersehbar. Im Vergleich zu dem Trainer des gegnerischen Fußballklubs aus der Nachbarstadt blieb er auch in hektischen Situationen oder im Fall eines gegnerischen Tors ruhig und regte sich auch nicht lautstark über jeden Fehlpass auf. Dennoch hatte sie den Eindruck, dass er seine Mannschaften anzuleiten und zu motivieren wusste. Nach einiger Zeit ertappte Tessa sich dabei, angestrengt nach einer negativen Eigenschaft Ausschau zu halten, die Tom in einem weniger idealen Licht erscheinen lassen würde. Als sie sich dessen bewusst wurde, fragte sie sich, was wohl der Grund für ihr Misstrauen war. Sie hatte nicht den Mut, noch einmal Vertrauen zu ihm zu fassen. Dabei hatte er sie niemals angelogen oder betrogen. In der vergangenen Woche hatte er sie gleich dreimal überredet, sich mit ihm zu treffen. Sie war skeptisch und zurückhaltend geblieben, konnte jedoch inzwischen nicht umhin, sich mehr und mehr zu ihm hingezogen zu fühlen. Dennoch saß da diese unbestimmte Angst tief in ihrem Herzen, sich noch einmal auf ihn einzulassen. Zu lange hatte es gedauert, bis die Verletzungen, die sie bei der Trennung vor zehn Jahren davongetragen hatte, geheilt waren.

Lukas war am heutigen Tag kaum zu bremsen gewesen. Dass sein Team nur mit einem Unentschieden vom Platz gegangen war, hatte ihn zwar gefuchst, aber als das zweite Spiel des Nachmittags angepfiffen wurde, war seine Enttäuschung nach kurzer Zeit vergessen gewesen. Tessa hatte nicht vorgehabt, den gesamten Nachmittag im Stadion zu verbringen, wollte Lukas jedoch den Spaß nicht verderben. Da Pierre ihr versprochen hatte, den Laden heute alleine zu betreuen, stand sie auch nicht unter Zeitdruck. Lediglich ihr Magen machte sich zur Mitte der zweiten Halbzeit immer deutlicher bemerkbar – immerhin hatte sie seit einem schnellen Salat zum Mittagessen nichts mehr zu sich genommen.

Sie dachte gerade darüber nach, was sie am Abend essen sollten, als Tom zu ihr herübergeschlendert kam. »Hey, Sportsfreund!« Er zog Lukas spielerisch dessen Baseballkappe über die Augen. »Wie sieht's aus – habt ihr Hunger?«

Lukas schob sich grinsend die Kappe wieder aus der Stirn. »Und wie! Mamas Magen hat gerade ganz laut geknurrt.«

»Lukas!« Tessa verzog verlegen die Lippen.

»Was denn? Stimmt doch, oder nicht?«

Tom lachte. »Wenn ihr Lust habt, lade ich euch später zu mir zum Essen ein.«

»Au ja!« Lukas strahlte. »Was gibt es denn?«

Tessa legte den Kopf auf die Seite. »Ich dachte, du kochst nicht.«

»Selten«, gab Tom zu. »Aber glücklicherweise gibt es da einen sehr guten Pizzaservice.«

»Ja, bitte, Mama, lass uns Pizza essen«, rief Lukas begeistert.

Tessa wand sich. Wäre noch ein gemeinsamer Abend nicht zu viel der Ermutigung? Außerdem hatten sie sich zuletzt nur auf neutralem Terrain getroffen. In seinem Haus hätte er deutlichen Heimvorteil. »Eigentlich wollte ich noch ein bisschen Bürokram erledigen.«

»Och, Mama!« Enttäuscht zog Lukas einen Flunsch.

»Och, Lukas!«, antwortete sie darauf, wie sie es immer tat. Dann rang sie sich – um seinetwillen, wie sie sich einredete – zu einem Entschluss durch. »Tom kann ja mit der Pizza zu uns kommen.« Dann würde der Heimvorteil wenigstens an sie gehen, dachte sie.

»Echt?« Sofort hellte Lukas' Miene sich wieder auf. »Tom?« Fragend blickte er zu Tom auf, der Tessa kurz zulächelte. »In Ordnung. Dann muss ich aber auch Ruprecht mitbringen. Ich kann ihn schließlich nicht noch länger zu Hause alleine lassen.« Er warf einen prüfenden Blick auf das Spielfeld und gab einem der Spieler ein Handzeichen.

»Na gut, meinetwegen.« Tessa nickte. »So gegen sieben Uhr?«

»Ich werde da sein.« Tom zwinkerte ihr zu. »Die Pizza mit allem drauf?«

Tessa nickte, Lukas schüttelte den Kopf. »Meine nur mit Salami und Schinken. Keine Pilze oder eklige Oliven!«

»Okay, ist notiert. Dann bis nachher.« Tom winkte den beiden noch einmal zu und konzentrierte sich wieder voll auf das Spiel, das in den letzten Zügen noch einmal spannend wurde.

Während Lukas auf dem Heimweg wie ein Wasserfall redete und sämtliche Höhepunkte des Nachmittags noch einmal Revue passieren ließ, fiel Tessa siedend heiß ein, dass sie am Morgen die Wohnung nicht aufgeräumt und auch ihr Bettzeug nicht von der Schlafcouch entfernt hatte. Wenn sie daran gedacht hätte, wäre ihr nie in den Sinn gekommen, jemanden für den Abend einzuladen – schon gar nicht Tom.

Zuhause angekommen überlegte sie fieberhaft, wo sie mit dem Aufräumen zuerst beginnen sollte. Sie verdonnerte den maulenden Lukas zum Aus- und Einräumen der Spülmaschine, wischte selbst in Rekordzeit durch das kleine Badezimmer und stürzte sich dann auf die herumliegenden Kleidungsstücke im Wohnzimmer. Sie wollte gerade nach der Bettwäsche greifen, als es bereits an der Tür klingelte. Erschrocken blickte sie auf die Uhr und stellte fest, dass es erst Viertel vor sieben war.

Lukas war bereits zur Tür gerannt und begrüßte lachend Ruprecht, der wie ein Wirbelwind in die Wohnung geschossen kam. Tom folgte ihm etwas langsamer. Auf dem Arm balancierte er zwei große Pizzakartons, an seinem Ellenbogen baumelte eine Tüte, in der sich zwei Plastikschalen mit gemischtem Salat und eine Flasche Wein befanden. »Hallo zusammen«, sagte er und schob mit dem Fuß die Tür hinter sich ins Schloss. »Ich hoffe, wir sind nicht zu früh.«

Während er das Essen auf den Küchentisch stellte, raffte Tessa so rasch es ging das Laken samt Kissen und Decken von der Couch und stopfte alles in die Truhe unter dem

Fenster. Dann fuhr sie sich ordnend mit dem Fingern durch die Haare und blickte leicht verzweifelt an sich herunter. Sie war noch nicht einmal dazu gekommen, sich umzuziehen.

Erschöpft ließ sie sich auf den Fußteil der noch immer ausgeklappten Schlafcouch sinken. In diesem Moment kam Ruprecht auf sie zugesprungen, beschnüffelte sie kurz und kletterte dann zu ihrer Überraschung flink auf ihren Schoß.

»Nanu, da scheinst du ja ziemlich schnell einen Fan gefunden zu haben.« Mit einem Schmunzeln trat Tom ins Wohnzimmer. Tessa war sich sicher, dass er ihre hektische Aufräumaktion bemerkt hatte. Verlegen streichelte sie den kleinen Hund, der ihr daraufhin zärtlich seine kalte Nase ins Gesicht stupste.

»Soll ich schon mal den Tisch decken?«, fragte Lukas aus dem Flur. Tessa nickte. »Das wäre sehr lieb von dir, mein Schatz.«

»Dann kommt aber auch gleich!«

Tom blickte dem Jungen kurz nach, als dieser in der Küche verschwand, dann setzte er sich neben Tessa. »Du weißt doch wohl, dass du dir wegen mir keine Umstände zu machen brauchst.«

»Nein, ich meine ja, ich ...« Tessa stockte und ärgerte sich, dass seine plötzliche Nähe ihr so auf den Magen schlug.

Tom legte seine Hand über ihre, mit der sie Ruprecht unablässig über den Rücken streichelte. »Bei mir zu Hause sieht es auch nur so ordentlich aus, weil ein einzelner Mann kaum die Möglichkeit hat, in dem großen Haus ein Chaos zu verursachen. Außerdem habe ich eine gute Putzfrau.«

Tessas Verlegenheit steigerte sich noch. Ehe sie darüber

nachdenken konnte, hatte Tom mit der anderen Hand ihr Gesicht zu sich gedreht und streifte mit den Lippen sanft ihren Mund. Ihr Herzschlag setzte für einen Moment aus und machte im nächsten Augenblick einen Satz, als sie die Schritte ihres Sohnes im Flur vernahm. »Wo bleibt ihr denn?«, fragte er ungeduldig. »Die Pizza wird doch kalt …« Lukas blieb wie angewurzelt im Türrahmen stehen und starrte sie an. Tom löste sich betont langsam von ihr und drehte sich zu Lukas um, obwohl Tessa heftig zusammengezuckt war. »Wir sind schon unterwegs.«

Lukas blickte erst Tom, dann seiner Mutter prüfend ins Gesicht. In seinen Augen glitzerte es, und auf seine Lippen trat ein feines Grinsen. »Dann los, Leute! Ich hab einen Bärenhunger.« Er drehte sich auf dem Absatz um und rannte zurück in die Küche. Ruprecht bellte fröhlich und folgte ihm auf dem Fuße. Tom stand auf und zog Tessa mit sich hoch. »Lass uns essen.«

Tessa atmete einmal tief durch. »Tom, ich …«

Doch da war er ebenfalls schon in der Küche verschwunden.

Das gemeinsame Essen verlief heiter; natürlich war das Fußballturnier Hauptthema des Abends. Tom und Lukas fachsimpelten über die verschiedenen Spielzüge und analysierten auch das Verhalten der gegnerischen Mannschaften. Tessa verfolgte das Gespräch überwiegend schweigend, doch hin und wieder beeindruckte sie ihren Sohn mit einer Beobachtung oder einem Kommentar, so dass er schließlich verblüfft feststellte: »Ich wusste gar nicht, dass du dich mit Fußball so gut auskennst, Mama.«

Da sich ihre Nervosität im Laufe des Abends gelegt hatte, lächelte sie freimütig. »Ich hatte einen guten Lehrer.« Sie blickte zu Tom, der daraufhin jedoch den Kopf schüttelte.

»Ich habe dir vielleicht ein paar Grundbegriffe beigebracht. Dein gutes Auge hast du jedoch von Natur aus.« Er beugte sich zu Lukas hinüber. »Deine Mutter hat früher regelmäßig nach einem Spiel die Schiedsrichter ausgeschimpft, wenn sie ein Abseits oder ein Foul übersehen hatten.«

»Echt?« Mit großen Augen blickte Lukas sie an.

»Wir haben sie irgendwann nur noch ›Miss Adlerauge‹ genannt.«

»Wow!« Nun war Lukas offensichtlich beeindruckt. »Davon musst du mir unbedingt mehr erzählen, Mama!«

Tessa blickte, nun doch wieder etwas verlegen, auf die Uhr. »Ich glaube, das verschieben wir lieber auf ein andermal. Es wird langsam Zeit für dich.«

»Och, Mama! Darf ich nicht noch ein bisschen fernsehen? Heute ist doch Samstag! Oder mit Ruprecht spielen.«

Tom sammelte das Besteck ein und stellte die Pizzakartons ineinander. »Heute läuft ›Der kleine Lord‹, sagte er beiläufig. »Den könnten wir uns alle zusammen ansehen.« Er wandte sich an Tessa. »Wenn du deine Büroarbeit ein bisschen verschieben kannst.«

Tessa biss sich auf die Lippen. Anscheinend wusste Tom noch genau, wie sehr sie diesen Film liebte. Damit hatte er sie sofort geködert. »Also gut, dann lasst uns ins Wohnzimmer gehen. Lukas, du ziehst dir vorher schon mal deinen Schlafanzug an und putzt dir die Zähne!«

14. Kapitel

Tom und Tessa hatten es sich auf der ausgeklappten Schlafcouch gemütlich gemacht, Lukas saß zwischen ihnen, und am Fußende hatte sich Ruprecht zusammengerollt. Der vorweihnachtliche Film war jedoch erst zur Hälfte um, als Lukas bereits tief und fest schlief. Sein Kopf war gegen Toms Schulter gesunken; Tessa wollte ihn schon wecken und in sein Zimmer schicken, doch Tom schüttelte den Kopf und gab ihr mit Handzeichen zu verstehen, dass ihn der Junge nicht im Geringsten störte.

Also blieben sie bis zum Ende des Films einträchtig nebeneinander sitzen. Nach dem Abspann trug Tom Lukas vorsichtig in dessen Bett. Tessa folgte ihm und sah ihm dabei zu, wie er ihren Sohn – seinen Sohn! – sorgsam zudeckte und dann das Licht löschte. Diese traute Szene schnürte ihr mit einem Mal die Kehle zu. Ihre innere Stimme forderte sie unmissverständlich auf, ihm endlich die Wahrheit zu sagen.

»Lukas ist ein toller Junge«, flüsterte Tom, nachdem er die Tür des Kinderzimmers hinter sich zugezogen hatte.

Tessa schluckte nervös und nickte. »Das ist er. Aber … also ich …«

Sanft legte Tom ihr einen Finger an die Lippen. »Kein Aber, Tessa. Er ist ein toller Junge«, wiederholte er. »Und das ist kein Wunder, denn seine Mutter ist eine wundervolle Frau.«

Als er sie küsste, stockte Tessa der Atem. »Tom, ich …« Sie kam nicht dazu weiterzusprechen, denn seine Hände wanderten von ihren Schultern über ihre Arme hinab, dann zog er sie näher zu sich heran und begann, ihr Gesicht und ihren Hals mit seinem Lippen zu erkunden.

Tessa hatte das Gefühl, als jagten Hunderte kleiner Stromstöße durch ihren Körper. Sie versuchte sich zu erinnern, was sie hatte sagen wollen, doch ihr Verstand schien sich abgeschaltet zu haben.

Ehe sie sich versah, landete sie mit Tom erneut auf ihrer Schlafcouch und ließ es zu, dass seine Küsse und Berührungen leidenschaftlicher wurden. »Tessa.« Er hob den Kopf und blickte atemlos auf sie herab. Sein Blick war so intensiv, dass sie sich ihm nicht hätte entziehen können, selbst wenn sie gewollt hätte. »Ich habe dich vermisst.« Er strich ihr eine Haarsträhne aus der Stirn. »Du kannst dir gar nicht vorstellen, wie sehr.«

Wieder streiften seine Lippen ihren Mund, dann ihre Wange, ihren Hals. Kurz hielt er inne, dann knöpfte er langsam ihre Bluse auf und schob sie sanft auseinander. Seine Lippen folgten seiner Hand und wanderten erst zu ihrer Schulter, dann weiter nach unten.

Tessa versuchte sich darüber klarzuwerden, ob es richtig war, was sie hier tat, doch die köstlichen Gefühle, die sie bei jeder von Toms Berührungen durchrieselten, nahmen ihr die Entscheidung schließlich ab.

Es war noch keine sieben Uhr, als Tessa am Sonntagmorgen erwachte. Etwas irritiert blickte sie sich um, da ihr Kopf auf einem Sofakissen ruhte. Dann spürte sie Toms Körper, der sich im Schlaf eng an sie schmiegte, und seinen Arm, mit dem er sie fest umfangen hielt. Irgendwann in der Nacht hatte er ihre Bettdecke aus der Truhe gezogen und über sie ausgebreitet, doch die restliche Bettwäsche lag noch an Ort und Stelle.

Einen Moment lang versank Tessa wohlig in der Erinnerung an die vergangene Nacht, dann jedoch fuhr sie erschrocken hoch und tastete nach der kleinen Lampe auf dem Couchtisch. »Tom?« Sie rüttelte ihn leicht am Arm. »Komm schon, wach auf!«, flüsterte sie. »Du musst gehen!«

»Hm?« Tom schlug die Augen auf. Als er sie erblickte, ging ein Strahlen über sein Gesicht. »Guten Morgen, Tessa. Ich dachte schon, ich hätte alles nur geträumt.«

»Wir müssen aufstehen!«, drängte sie. »Wenn Lukas aufwacht ...«

»Oh.« Tom fuhr sich mit gespreizten Fingern durch sein langes Haar. »Klar.« Er tastete nach seiner Hose und streifte sie rasch über. »Ich muss sowieso gegen neun schon im Stadion sein. Die B- und A-Jugend spielen heute.« Er hielt inne und zog Tessa, die ebenfalls dabei war, sich anzuziehen, lächelnd an sich. »Sehen wir uns heute Nachmittag bei Hannah?«

Tessa runzelte verwirrt die Stirn, dann fiel es ihr wieder ein. »Das Plätzchenbacken! Ja, sicher, das hatte ich doch versprochen.«

»Wunderbar.«

»Willst du etwa mitbacken?«

»Lieber nicht.« Tom küsste sie zärtlich. »Aber als Vorsitzender des Festausschusses muss ich doch Kostproben nehmen.«

Tessa kicherte. »Dann sollten wir besser gleich die doppelte Menge einplanen.« Da seine Hände sich verdächtig selbständig zu machen begannen, schob sie ihn entschieden von sich. »Schau, dass du hinauskommst«, flüsterte sie.

Tom küsste sie noch einmal, dann griff er nach seinem Pullover und zog ihn rasch über. »Bis später also«, raunte er, schnappte sich seine Jacke, legte Ruprecht die Leine an und öffnete die Wohnungstür.

»Huch!« Eine junge Frau mit ähnlich rotbraunem Haar wie Tessa sprang einen Schritt zurück und blickte ihn erst verblüfft, dann ungläubig und schließlich verärgert an. Den Schlüssel, den sie in der Hand hielt, schob sie bedächtig wieder in ihre Umhängetasche. »Hallo, Thomas«, sagte sie ruhig, jedoch mit deutlich unfreundlichem Unterton.

Tom war ebenfalls einen Schritt zurückgewichen, doch dann erkannte er sie und lächelte. »Hallo, Sophie. Wir haben uns lange nicht gesehen.«

Zwischen Sophies Augen entstand eine steile Falte. »Nicht lange genug, wie ich finde. Was tust du hier?«

Tom lächelte unerschüttert weiter. »Wonach sieht es denn aus?« Er trat zu ihr in den Flur. »Hör zu, Lukas schläft noch«, flüsterte er. »Wir wollen ihn doch nicht wecken, oder? Entschuldige uns, wir müssen los.«

Sophie blickte ihm sprachlos nach, wie er mit dem Hund die Treppe hinab eilte, dann nahm sie ihren Koffer und betrat die Wohnung.

Tessa lief verlegen auf ihre Schwester zu. »Hallo, Sophie. So früh hatte ich nicht mit dir gerechnet.«

Sophie stellte den Koffer ab und ging mit ernster Miene auf sie zu. »Offensichtlich.« Sie nahm Tessa in den Arm und drückte sie. »Bist du von allen guten Geistern verlassen?«

Peinlich berührt fuhr sich Tessa durch ihr wirres Haar. »Vielleicht. Sophie, es ist nicht so …«

»Wie es aussieht?« Mit finsterer Miene schob sich Sophie an ihr vorbei ins Wohnzimmer, erfasste die Situation mit einem Blick und kam einen Moment später zurück in den Flur. In der Hand hielt sie das T-Shirt, das Tom am Vorabend getragen hatte. Schweigend hielt sie es Tessa unter die Nase.

»Also gut.« Tessa seufzte. »Es ist doch so, wie es aussieht. Sei mir bitte nicht böse. Ich konnte einfach nicht …« Sie unterbrach sich, als die Kinderzimmertür sich öffnete und Lukas seinen Kopf herausstreckte.

»Was ist denn hier los?«, fragte er und blinzelte verschlafen.

Erschrocken riss Tessa ihrer Schwester das T-Shirt aus der Hand und verbarg es hinter ihrem Rücken. »Nichts Besonderes, Lukas. Sophie ist gekommen, um uns zu besuchen.«

Lukas blinzelte erneut, dann lächelte er breit und rannte auf Sophie zu, um sie zu umarmen. »Hi, Sophie! Warum kommst du denn so früh? Es ist Sonntag!«

Sophie warf Tessa einen kurzen Blick zu, dann lachte sie. »Ich bin die ganze Nacht gefahren, weißt du. Da sind die Autobahnen frei.«

»Wow.« Lukas löste sich von ihr und blickte zu Tessa. »Wo ist Tom? Ist er schon weg?«

Tessa wurde rot. »Äh, ja, Lukas. Er ist gestern …«

»Er hat hier übernachtet«, sagte Lukas grinsend. »Du brauchst das nicht vor mir geheim zu halten, Mama. Ich hab gesehen, dass er neben dir auf der Couch geschlafen hat, als ich heute Nacht mal aufs Klo gegangen bin.«

»Oh. Also ...« Die Röte auf Tessas Wangen vertiefte sich noch.

»Wenn er schon weg ist, gehe ich wieder ins Bett«, beschloss Lukas. »Bestimmt ist er schon ins Stadion gefahren, oder? Kommt er heute Abend wieder her?«

»Ich weiß nicht.« Tessa fühlte sich mit der Situation ein wenig überfordert und warf Sophie einen hilfesuchenden Blick zu. Ihre Schwester zuckte jedoch nur mit den Schultern und verschränkte die Arme vor der Brust. »Heute Nachmittag treffen wir uns bei Marios und Paulas Eltern zum Plätzchenbacken für die Weihnachtsfeier.«

»Kommt er da auch hin?« Lukas' Miene hellte sich auf.

»Das hat er gesagt.«

»Super!« Der Junge drehte sich schwungvoll um und verschwand wieder in seinem Zimmer.

Tessa atmete durch und ging in die Küche, um Kaffee aufzusetzen. Sophie folgte ihr. »Hör mal, Tessa, ich bin anscheinend nicht ganz auf dem neuesten Stand. Als du sagtest, Thomas wäre wieder aufgetaucht, hatte ich nicht damit gerechnet, dass ihr schon wieder zusammen seid.«

Tessa zuckte zusammen und legte den Messlöffel zurück in die Kaffeedose. »Das sind wir auch nicht. Oder ... Na ja, als wir telefoniert haben, waren wir es noch nicht.« Sie zuckte mit den Schultern. »Das ging alles so schnell.«

»Ein wenig zu schnell, will mir scheinen.« Sophie blickte ihr prüfend ins Gesicht. »Tessa, weiß er, dass Lukas ...«

»Pst!« Erschrocken legte Tessa einen Finger an die Lippen. »Nein, er weiß es ebenso wenig wie Lukas.«

Überrascht runzelte Sophie die Stirn. »Warum nicht?«

»Weil …« Tessa zögerte. »Es hat sich noch keine Gelegenheit ergeben, es ihm zu sagen.«

»Aber ausreichend Gelegenheit, um mit ihm ins Bett zu steigen.«

»O Gott, Sophie, so ist es doch gar nicht.« Verzweifelt rieb sich Tessa über die Augen.

Sophie trat auf sie zu und nahm sie in den Arm. »Dann erzähl mir endlich, wie es ist.«

15. Kapitel

»Santa, wir brauchen dich dringend in der Geschenke-Fabrik«, vermeldete Elf-Eins und betrat das Büro des Weihnachtsmanns. »Die Verladestation will einfach nicht anspringen.«

»Auch das noch! Jedes Jahr dasselbe«, murrte dieser genervt. »Ich sollte mir wirklich Gedanken über eine neue Fabrikanlage machen. Also gut, ich komme.« Er stand auf und warf sich seinen Mantel über. Dabei streifte er mit dem Ärmel einen Becher mit Stiften, der polternd zu Boden ging. Die Stifte kullerten quer durchs Zimmer.

»Ach, verflixt!« Santa bückte sich und klaubte die Stifte wieder auf.

»Warte, ich helfe dir.« Elf-Eins eilte herbei und sammelte einen Radiergummi ein, der ebenfalls zu Boden gegangen war. »Da unter dem Regal liegt auch noch ein Bleistift«, verkündete er und tastete bereits danach. »Hey, Santa, wann hast du hier denn zuletzt aufgeräumt?«

»Wie?« Der Weihnachtsmann hatte die Stifte inzwischen

zurück in den Becher gestellt und war schon an der Tür. »Was meinst du damit?«

Elf-Eins richtete sich wieder auf und hielt ihm ein Blatt Papier unter die Nase. »Das hab ich hinter dem Fuß des Regals gefunden.«

Überrascht nahm Santa Claus ihm den Briefbogen ab und überflog ihn. Plötzlich weiteten sich seine Augen. »Das gibt's doch nicht. Hier ist er!«

»Wer?«

»Na, der Wunschzettel, nach dem ich seit Wochen suche. Lag er etwa die ganze Zeit dort unter dem Regal? Wie ist er bloß dort hingekommen?«

»Was steht denn drin?«, wollte Elf-Eins neugierig wissen.

Der Weihnachtsmann runzelte die Stirn. »Das sind zwei große Wünsche, Elf-Eins. Die kann ich unmöglich noch bis Weihnachten erfüllen. Hier, lies selbst!«

Nun überflog auch der Elf rasch den Brief und kräuselte dann besorgt die Lippen. »Das schaffen wir wirklich nicht mehr, Santa. Den Hund vielleicht, wenn wir Glück haben, aber das andere ...«

In diesem Moment begann an Bildschirm neun ein rotes Lämpchen zu leuchten. Gleichzeitig erklang ein lautes Piepsen, das den Weihnachtsmann sofort alarmierte. Er eilte zur Videowand und hätte beinahe einen Fluch ausgestoßen. »So was Ärgerliches!«, rief er. »Wenn ich den Wunschzettel doch nur früher gefunden hätte. Sieh dir das nur an! Wenn mir nicht rasch etwas einfällt, steht diesen Menschen ein sehr trauriges Weihnachtsfest bevor.«

Elf eins trat neben ihn und blickte ebenfalls besorgt auf

die Bilder, die der Bildschirm lieferte. »O je, können wir denn gar nichts ... Moment mal!«, unterbrach er sich. »Santa, schau doch mal. Siehst du den Hund?«

»Sicher.« Santa hob verzagt die Schultern. »Der gehört diesem Tom.« Plötzlich hob er den Kopf. »Aber natürlich – der Hund! Elf-Eins, du bist ein Genie! Hol mir Elf-Siebzehn her, der spricht die Hundesprache am besten. Ich glaube, ich weiß jetzt, was zu tun ist.«

16. Kapitel

Prüfend blickte Tessa in ihren Badezimmerspiegel und fragte sich, warum man einem Menschen große Entscheidungen nicht vom Gesicht ablesen konnte. Denn eine solche hatte sie heute getroffen.

In den vergangenen Tagen hatten sie und Lukas viel Zeit mit Tom verbracht. Auch wenn es vielleicht nicht ganz fair gewesen war, hatte sie erst abwarten wollen, um zu sehen, wie ihre Beziehung zu Tom weiterging, bevor sie ihm gestand, dass er Lukas' Vater war. Auch hatte sie Lukas beobachtet und festgestellt, dass er inzwischen eine große Zuneigung zu Tom entwickelt hatte, die sie nicht mehr ignorieren konnte.

Und obwohl sie sich geschworen hatte, achtsam zu sein und sich nicht von ihren Gefühlen mitreißen zu lassen, konnte sie nicht verhindern, sich erneut und unwiderruflich in ihn zu verlieben. Deshalb hatte sie beschlossen, den beiden endlich die Wahrheit zu sagen.

Am frühen Nachmittag des Samstags, an dem die große Weihnachtsfeier stattfinden sollte, trafen sich die Helfer des Festausschusses schon früh im Vereinssaal, um letzte Hand an die Dekoration zu legen. Tom hatte versprochen, rechtzeitig zum Beginn der Feier dort zu sein, doch vorher wollte er unbedingt noch zwei Dinge erledigen. Eines davon war eine Formsache, die er rasch und ohne weiter darüber nachzudenken hinter sich brachte, das andere nahm jedoch wesentlich mehr Zeit in Anspruch, denn obwohl es sich um einen spontanen Einfall handelte, wollte er doch so sorgfältig wie möglich vorgehen, damit alles perfekt sein würde.

Ein wenig aufgeregt war er dann allerdings doch, als er sich schließlich mit leichter Verspätung endlich auf den Weg zum Vereinshaus beim Stadion machte.

»Herrje, wo bleibt er denn nur?« Nervös lief Renate hinter der kleinen Bühne auf und ab. »Ohne Tom können wir doch nicht anfangen!« Sie griff nach dem Weihnachtsmannkostüm, das über einem Stuhl hing, ließ es aber gleich wieder fallen. »Was machen wir denn auf einer Weihnachtsfeier ohne Weihnachtsmann?«

»Nun beruhige dich doch.« Hannah tätschelte ihr die Schulter. »Vielleicht ist er im Verkehr steckengeblieben. Bestimmt wird er gleich hier sein.«

»Und wenn nicht? Wo steckt er bloß?« Als Tessa den kleinen Raum hinter der Bühne betrat, schoss Renate auf sie zu. »Hast du Tom gesehen?«

Tessa schüttelte verwundert den Kopf. »Ist er denn noch nicht hier? Ich dachte, er wäre längst dabei, sich in diesen entzückenden Fummel zu werfen.« Sie deutete lachend auf das Kostüm. Dann wurde sie jedoch ernst. »Ihm wird doch nichts zugestoßen sein?«

»Jetzt fang du nicht auch noch an.« Hannah verdrehte die Augen. »Heute ist der letzte Samstag vor Weihnachten; die Stadt ist voll von kaufwütigen Menschen. Bestimmt steckt er nur irgendwo im Stau.«

»Ich versuche mal, ihn auf seinem Handy zu erreichen«, schlug Tessa vor, doch Hannah winkte ab.

»Das haben wir schon versucht. Da geht nur die Mailbox dran.«

»Tessa, kannst du mal kurz kommen?« Katrin streckte den Kopf zur Tür herein. »Wir sollten langsam die Tüten mit dem Gebäck für die Kinder hereintragen, damit Tom sie gleich griffbereit hat, um sie zu verteilen.« Sie sah sich um und entdeckte das Weihnachtsmannkostüm auf dem Stuhl. »Ist er etwa noch nicht da?«

Die drei Frauen blickten sie genervt an.

»Schon gut.« Katrin zog den Kopf ein. »Also hilfst du mir?«

»Bin schon unterwegs.« Tessa folgte ihr in die kleine Kaffeeküche, in der sie mehrere Kartons voll hübsch dekorierter und randvoll mit Plätzchen gefüllter Weihnachtstüten untergebracht hatten.

»So langsam sollte Tom aber wirklich eintrudeln«, befand Katrin beiläufig, während sie einen der Kartons hochhob. »So unzuverlässig kennt man ihn gar nicht. Andererseits ...«

»Was?« Auch Tessa griff nach einem Karton, merkte jedoch bei Katrins letztem Wort auf.

»Nun ja, vielleicht ist er ja schon so mit Packen beschäftigt, dass er die Zeit vergessen hat.« Katrin lächelte Tessa unschuldig zu und verschwand hinaus in Richtung Bühne.

Irritiert blickte Tessa ihr nach. In ihrer Magengegend machte sich ein flaues Gefühl breit. Eilig verließ sie ebenfalls die Küche, stellte ihren Karton neben den anderen auf den Rand der Bühne und fasste dann Katrin am Arm. »Was meinst du damit, er ist mit Packen beschäftigt?«

»Na mit Packen für Amerika.« Katrin hielt bewusst ihren beiläufigen Tonfall bei. Als sie sah, wie Tessa erstarrte, machte sie ein betroffenes Gesicht. »Ach, das weißt du noch gar nicht?« Sie ging wieder in die Küche, Tessa folgte ihr.

»Was weiß ich nicht?«

»Männer!« Mit einem gekonnt mitleidigen Augenaufschlag blickte Katrin sie an. »Süßholz raspeln können sie hervorragend, aber so Kleinigkeiten wie eine Auswanderung vergessen sie dabei glatt.«

Tessa wurde blass. Sie hatte das Gefühl, ein eisiger Ring lege sich um ihr Herz. Trotzdem bemühte sie sich, ganz ruhig zu bleiben. »Wovon redest du da?«, fragte sie.

Katrin, die bereits einen weiteren Karton hochgehoben hatte, stellte ihn auf der kleinen Anrichte ab und sah Tessa treuherzig an. »Hat er dir wirklich nicht gesagt, dass er im Januar bei einem amerikanischen Fußballklub als Trainer anfängt? Irgendwo in Texas, glaube ich. Mindestens vier Jahre soll sein Vertrag laufen, und eine Greencard hat man ihm dort auch schon angeboten, also wird er wohl ganz dort bleiben.«

Bei Katrins Worten krampfte sich Tessas Magen zusammen. Ihre Hände wurden eiskalt, ihr Herz pochte wie verrückt. »Das kann nicht sein«, stammelte sie. »Du musst dich irren, Katrin!«

»Aber nein, ganz bestimmt nicht«, erwiderte Katrin mit einem feinen, triumphierenden Lächeln. »Ich habe den Vertrag selbst gesehen. Er lag auf Toms Schreibtisch, als ich neulich die Einladungen bei ihm abgeholt habe, um sie zur Post zu bringen.« Sie seufzte bedauernd. »Schade ist es schon, dass er wieder fortgeht, nicht wahr? Er ist so ein guter Trainer. Andererseits – wer will es ihm verdenken? So eine Chance bekommt man bestimmt nicht zweimal im Leben. Ist nur natürlich, dass er da zugreift.« Sie klimperte besorgt mit den Wimpern. »Aber, Schätzchen, was ist denn? Du bist so blass – geht es dir nicht gut?«

Tessa hatte tatsächlich das Gefühl, kaum noch Luft zu bekommen. Nur mit äußerster Anstrengung riss sie sich zusammen. »N...nein, schon gut, Katrin. Ich war nur ... so überrascht, das ist alles.« In ihrem Kopf drehte sich alles, und zu dem ersten Schreck gesellte sich nun ein zweites Gefühl: Wut. Sie ging zur Tür. »Entschuldige mich bitte.« Sie rannte fast aus der kleinen Küche und konnte so Katrins schadenfrohes Kichern nicht mehr hören.

Ohne auf die Gäste zu achten, die bereits nach und nach durch den zweiflügligen Eingang in den Saal strömten, stürmte sie hinter die Bühne und blickte sich wild um. »Wo steckt er?«

Hannah drehte sich überrascht zu ihr um. »Wer? Tom? Er ist gerade gekommen und hat sich schon umgezogen. Er hat nach dir gefragt.«

»Das trifft sich gut.« Fuchsteufelswild machte Tessa auf dem Absatz kehrt und schoss wieder zur Tür hinaus. Verblüfft blickte Hannah ihr nach.

Tom war gerade dabei, die Verstärkeranlage für das Mikrofon einzustellen. Dabei hielt er mit einem Auge Ausschau nach Tessa, um sie vor Beginn der Veranstaltung noch einmal kurz abzupassen und sie und Lukas für den morgigen Sonntag zu einem Brunch bei ihm einzuladen. Der Gedanke an seinen Plan ließ ihn ein wenig dümmlich grinsen; am liebsten hätte er ihn sofort in die Tat umgesetzt. Doch hier auf der Weihnachtsfeier – so zwischen Tür und Angel – war ganz sicher nicht der richtige Moment.

Als er Tessa schließlich erblickte, glitt ein Strahlen über sein Gesicht. Rasch zog er den albernen Weihnachtsmannbart herunter, um sie küssen zu können. Bein Anblick ihres kalkweißen Gesichts und ihrer vor Zorn blitzenden Augen verflog sein Lächeln jedoch. »Hallo, Tessa. Ist etwas ...«

»Du bist ein Scheusal«, stieß sie mit zitternder Stimme hervor, bemühte sich dann aber, sich unter Kontrolle zu bringen. Sie würde ihm keine Szene machen. »Hast du gedacht, die gute alte Tessa ist ein prima Lückenfüller?« Sie griff sich an den Kopf. »Ich fasse es einfach nicht, dass ich tatsächlich kurz davor war, noch einmal auf dich hereinzufallen.«

Tom starrte sie perplex an. »Wovon redest du eigentlich? Ich verstehe nicht ...«

»Nein, da hast du recht«, unterbrach Tessa ihn und legte alle Kälte in ihre Stimme, derer sie fähig war. »Du verstehst überhaupt nichts, du egoistischer Mistkerl. Wann wolltest du es mir denn sagen?« Sie winkte ab. »Gar nicht, vermute ich. Ich hätte es ja auch so früh genug gemerkt.«

»Tessa …« Ratlos trat er einen Schritt auf sie zu, doch sie hielt ihn auf, indem sie gebieterisch die Hand hob.

»O nein, komm mir nicht zu nahe, Thomas Winkmann! Nicht jetzt und auch in Zukunft nie mehr.« Obwohl sie ihre Stimme gesenkt hatte, schnitten ihre Worte wie eine Stahlklinge durch die Luft. »Ich will dich nicht mehr sehen.«

Als er erneut etwas sagen wollte, schüttelte sie den Kopf. »Spar dir die Luft. Ich will deine Ausreden gar nicht hören. Offenbar tat deine Mutter gut daran, mich zu warnen.«

»Meine Mutter?« Nun verstand Tom gar nichts mehr.

»Ich hätte auf sie hören sollen.« Tessa wandte sich ab, drehte sich jedoch gleich noch einmal um. »Halt dich zukünftig von Lukas fern. Ich hätte nie zulassen dürfen, dass er sich so an dich hängt. Er hat seinen Vater vor seiner Geburt verloren. Dabei hätte es bleiben sollen.« Damit drehte sie sich endgültig um und ging hoch erhobenen Hauptes davon.

Tom wollte ihr schon folgen, doch da kam Katrin auf ihn zu und lächelte breit. »Hey, Weihnachtsmann, du bist gleich dran!« Sie deutete auf die Bühne, auf der inzwischen der Vereinsvorsitzende Position bezogen hatte und gerade dabei war, das Mikrofon einzuschalten. Ein Knacken ertönte aus den Lautsprechern.

»Sehr verehrte Damen und Herren, liebe Freunde und ganz besonders liebe Kinder, ich begrüße Sie und Euch ganz herzlich zu unserer diesjährigen Weihnachtsfeier …« Während er sprach, winkte er Tom auffordernd zu. Mit den Augen suchte dieser jedoch den Saal nach Tessa ab und bekam gerade noch mit, dass sie den heftig protestierenden Lukas mit sich aus dem Saal zog. Widerwillig ließ sich Tom von Katrin zur Bühne schieben.

17. Kapitel

»Das ist gemein, Mama!« Lukas rannen Tränen über die Wangen. »Warum können wir nicht auf der Feier bleiben? Ich hab mich so darauf gefreut.«

Tessa hielt krampfhaft das Lenkrad ihres Wagens umfasst und bemühte sich, den Schmerz, der in ihrer Brust wühlte, zu unterdrücken. »Es tut mir leid, Schatz. Ich muss ... weg. Und es ist besser, wenn du eine Weile nicht in den Sportverein gehst. Nur bis ...« Bis Tom fort war. Krampfhaft schluckte Tessa an dem Kloß, der sich in ihrer Kehle gebildet hatte. Sie war so dumm! Wie hatte sie zweimal den gleichen Fehler machen können? Für ihre Schwäche hätte sie sich verfluchen mögen. Gleich beim ersten Wiedersehen hätte sie Tom in die Wüste schicken sollen. Stattdessen hatte sie sich Honig ums Maul schmieren lassen. Eingewickelt hatte er sie und mit Leichtigkeit noch dazu. Hatte er wirklich geglaubt, er könne die alte Romanze noch einmal auffrischen, um sich die Zeit bis zu seinem erneuten Weggang ein wenig angenehmer zu vertreiben?

»Aber warum denn, Mama? Ich hab doch gar nichts angestellt«, kam es verzweifelt vom Rücksitz. Tessa blinzelte eine Träne fort. Die Enttäuschung, die Lukas nun erleben musste, schnitt ihr tief ins Herz.

Inzwischen hatte sie ihr Haus erreicht. Sie sprang aus dem Auto und riss die Tür zur Rückbank heftiger als nötig auf. »Komm, mein Schatz. Ich mache es wieder gut, das verspreche ich. Aber wir konnten heute nicht auf der Weihnachtsfeier bleiben.« Sie schnallte Lukas ab und zog ihn dann mit sich ins Haus.

Sophie streckte verwundert den Kopf aus dem Wohnzimmer, als sie die Wohnung betraten. »Nanu, ihr seid ja schon wieder da? Das war aber eine kurze …« Sie brach ab, als sie Tessas Miene und Lukas' verheultes Gesicht erblickte. »O Gott, Tessa, ist etwas passiert? Gab es einen Unfall?«

»Nein, Sophie, nichts. Es ist nur …«

»Mama ist gemein«, schluchzte Lukas. »Ich durfte nicht auf der Feier bleiben, dabei war es so lustig.« Anklagend blickte er Tessa an. »Du bist gemein!«, wiederholte er und verschwand weinend in seinem Zimmer. Die Tür fiel lautstark hinter ihm ins Schloss.

Gequält blickte Tessa ihm nach, beschloss aber, ihn erst einmal zur Ruhe kommen zu lassen.

»Was um alles in der Welt ist passiert?«, wollte Sophie wissen und zog sie resolut ins Wohnzimmer. »Du siehst schrecklich aus!«

Tessa atmete zitternd ein und aus. »Du hattest recht.«

»Womit?«

»Dass ich den Verstand verloren hatte, mich mit Tom einzulassen.«

Sofort hob Sophie alarmiert den Kopf und trat auf sie zu. In ihre Augen trat ein gefährliches Funkeln. »Was hat er getan?«

Tessa verschränkte die Arme vor der Brust. »Nichts. Das heißt, er hielt es nicht für nötig, mir mitzuteilen, dass er im Januar wieder nach Amerika geht. Und diesmal wahrscheinlich für immer.«

»Wie bitte?« Aus dem Funkeln wurde ein zorniges Glühen. »Er geht wieder weg und sagt es nicht einmal? Und woher weißt du ...«

»Katrin.« Tessa schloss kurz die Augen. »Sie erzählte mir vorhin, dass sie neulich zufällig den Vertrag bei ihm gesehen hat. Sie war ganz erstaunt, dass ich nichts davon wusste. Anscheinend ist die Sache sonst überall schon herum.«

»Das ...« Sophie schüttelte den Kopf. »Das ist ja unglaublich. Dieser Mistkerl! Uns gegenüber tut er schön und macht einen auf Familie ...« Sie unterbrach sich, als sie Tessas Blick auffing. »O Schatz, es tut mir so leid!« Rasch nahm sie ihre Schwester in den Arm. Doch Tessa wehrte sie ab. »Ich bin selbst schuld«, sagte sie. »Wie blöd muss man auch sein, sich gleich zweimal in dieselbe Situation zu bringen? Aber das wird mir nicht noch einmal passieren.« Entschlossen schob sie ihr Kinn vor. »Wenn er erst mal weg ist, haben wir Ruhe. Lukas wird traurig sein, aber er wird darüber wegkommen.«

Sophie legte den Kopf auf die Seite. »Mag sein, aber was ist mit dir?«

»Mir geht es gut.«

»Aber ...«

»Ich möchte dich um etwas bitten.«

Sophie blickte Tessa besorgt an. »Alles, was du willst.«

Tessa fuhr sich ordnend durchs Haar. »Ich habe dir doch

neulich von dieser Fortbildung erzählt, die kommende Woche in München stattfinden soll.«

»Ich dachte, da wolltest du nicht hin so kurz vor Weihnachten.«

»Wollte ich auch nicht. Aber jetzt …« Angestrengt bemühte Tessa sich, ein Lächeln aufzusetzen. »Ich glaube, es wäre besser, wenn ich mir für ein paar Tage einen Tapetenwechsel gönne. Würdest du dich solange um Lukas kümmern?«

»Natürlich mache ich das.« Vorsichtig legte Sophie Tessa eine Hand auf den Arm. »Bist du wirklich in Ordnung?«

»Nein.« Tessa schüttelte den Kopf. »Aber ich werde es ganz bald wieder sein, das verspreche ich dir. Ich brauche nur ein paar Tage.« Sie hielt inne. »Er wird nicht erfahren, wo ich bin.«

»Darauf kannst du Gift nehmen.« Sophie nickte grimmig. »Er soll es nur wagen, mir noch einmal unter die Augen zu kommen, dann kann er was erleben.«

Tessa seufzte. »Hilfst du mir beim Packen?«

»Das darf doch alles nicht wahr sein!« Aufgebracht lief Tom in Leons und Hannahs Wohnzimmer auf und ab. »Ich habe keine Ahnung, was in sie gefahren ist.«

»Nun beruhige dich erst mal«, sagte Hannah. »Irgendetwas muss schließlich vorgefallen sein. Habt ihr euch gestritten?«

»Nein!« Tom zwang sich, neben Hannah auf der Couch Platz zu nehmen. »Es war alles in Ordnung, bis sie plötzlich auf mich zugeschossen kam und mich ein Scheusal und einen Mistkerl nannte.«

Leon runzelte die Stirn. »Das tun Frauen normalerweise nur, wenn sie einen guten Grund haben.«

»Aber ich weiß wirklich nicht …« Verzagt ließ Tom den Kopf in seine Hände sinken. »Sie behauptet, ich hätte ihr irgendetwas verschwiegen.«

»Und was könnte das sein?«

Tom hob ratlos die Schultern. »Ich muss unbedingt mit ihr sprechen! Vorhin war ich bei ihr. Sie … Ihr Auto ist weg. In der Wohnung brennt zwar Licht, aber es öffnet niemand. Ans Telefon oder Handy geht sie auch nicht.«

»Das ist wirklich äußerst merkwürdig«, befand Hannah. »Vor der Feier hatte ich nicht den Eindruck, dass sie irgendwie verärgert gewesen wäre.« Sie kräuselte die Lippen. »Hat Lukas nicht ein Handy? Vielleicht solltest du versuchen, ihn anzurufen. Bestimmt hat Mario die Nummer.«

»Sie hat mir verboten, noch einmal mit ihm Kontakt aufzunehmen«, murmelte Tom; er starrte auf den Boden.

»Und davon lässt du dich aufhalten?« Leon stieß ihm unsanft die Ellenbogen in die Rippen. »Ich dachte, du liebst die Frau. Dann sieht auch zu, dass du die Sache wieder ins Reine bringst. Ich gehe und frage Mario nach der Nummer.« Leon erhob sich und verließ das Wohnzimmer. Wenig später kam er mit einem Zettel wieder.

Tom nahm ihn an sich und tippte sofort die Nummer in sein Handy ein. Gespannt wartete er, bis er die Stimme des Jungen vernahm. Er räusperte sich. »Lukas? Hier ist Tom. Hör mal …«

»Hey, Tom! Wie geht es Ruprecht?«

»Gut, ähm, sag mal, weißt du, warum deine Mutter böse auf mich ist?«

Lukas schniefte, es war deutlich zu vernehmen, dass er

mit den Tränen kämpfte. »Ich darf nicht mehr in den Sportverein. Mama war heute Nachmittag schrecklich böse und gemein. Und geweint hat sie auch, glaube ich. Jetzt ist sie … Hey!«

Im Hintergrund raschelte etwas, dann erklang Sophies barsche Stimme: »Wer ist da?«

Tom atmete auf. »Sophie, ich bin es, Tom. Kannst du mir vielleicht verraten …«

»Hör zu, du mieser Schuft.« Sophies Stimme klang eisig. »Reicht es dir nicht, meiner Schwester zum zweiten Mal das Herz zu brechen? Musst du jetzt unbedingt auch noch Lukas wehtun?«

»Aber was ist denn überhaupt …?«

»Ich warne dich«, zischte Sophie. »Versuch das nicht noch einmal.« Es knackte, die Leitung war unterbrochen.

Wie betäubt starrte Tom einen Moment lang das Mobiltelefon an, bevor er es beiseitelegte.

Hannah und Leon, die alles genau verfolgt hatten, blickten einander an. »Da stimmt etwas nicht«, stellte Hannah schließlich fest. »Da stimmt etwas ganz und gar nicht.«

»Da hast du recht.« Tom stand auf, denn ihm war gerade noch etwas anderes eingefallen. »Entschuldigt mich, ich muss zu meiner Mutter.«

»Zu deiner Mutter?« Erstaunt folgte Leon Tom zur Haustür. »Was hat sie damit zu tun?«

Tom blickte grimmig über die Schulter. »Das werde ich herausfinden.«

18. Kapitel

»Pass auf, Ruprecht«, sagte Elf-Siebzehn zu dem kleinen Hund. »Hör mir gut zu. Du musst alles so machen, wie ich es dir erklärt habe.«

Ruprecht nickte eifrig und schleckte sich über die Schnauze, denn der Elf hielt ein Leckerli in der Hand.

»Wir müssen genau den richtigen Moment abwarten«, fuhr Elf-Siebzehn eindringlich fort. »Sonst funktioniert Santas ausgeklügelter Plan nicht. Er muss aber klappen, denn wir haben nicht mehr viel Zeit bis Weihnachten.«

»Wau«, bestätigte Ruprecht und bohrte seine Nase in die Hand des Elfs, der ihm daraufhin lachend den Hundekuchen gab.

»Also gut, wir verlassen uns auf dich.« Er hob lauschend den Kopf. »Da kommt dein Herrchen; es geht los.« Rasch streichelte der Elf Ruprecht noch einmal über den Kopf, dann verschwand er durch den Kamin nach draußen. Auf dem Dach gab er Elf-Zwei und Elfe-Acht ein kurzes Zeichen, dass alles nach Plan lief, und sogleich schwangen sich die beiden in die Luft, um dem Weihnachtsmann Bericht zu erstatten.

19. Kapitel

Tom wäre beinahe sofort zu seiner Mutter gefahren, doch im letzten Moment fiel ihm ein, dass Ruprecht seit Stunden allein zu Hause war. Da der Hund schon öfters aus diesem Anlass das Haus auf den Kopf gestellt hatte, machte Tom deshalb einen raschen Umweg und registrierte beim Öffnen seiner Haustür erleichtert, dass offenbar noch alle Einrichtungsgegenstände an ihrem Platz standen. Ruprecht schoss freudig bellend auf ihn zu und sprang an ihm hoch.

»Schon gut, mein Freund, nicht so wild.« Tom musterte den Hund. »Woher hast du denn die Krümel an deiner Nase?« Argwöhnisch warf er einen Blick in die Küche, doch offenbar hatte Ruprecht doch nicht herausgefunden, wie man den Futterschrank öffnete. Lediglich in seinem Napf lagen noch zwei weitere Leckerlis. Stirnrunzelnd überlegte Tom, wann er dem Hund davon gegeben hatte, schob den Gedanken jedoch rasch beiseite. Er hatte es eilig. »Komm, Ruprecht, lauf rasch in den Garten. Bestimmt musst du mal dein Bein heben, oder nicht?« Er öffnete die Terrassentür, der Hund rannte hinaus und verschwand hinter einem Busch.

Ungeduldig trat Tom von einem Bein auf das andere; schließlich pfiff er nach dem Hund, der daraufhin brav angetrabt kam. Schnell schloss Tom die Terrassentür wieder. »Tut mir leid, Ruprecht, aber ich muss noch mal weg. Dass du mir keinen Unsinn anstellst!« Er schnappte sich die Autoschlüssel und machte sich auf den Weg zum Seniorenhaus Lichtblick.

»Wir könnten die Wohnung im zweiten Stock mieten«, sagte Heinz-Georg zu Lina. »Sie hat drei Zimmer, so dass wir genügend Platz …« Er unterbrach sich und warf einen Blick aus dem Fenster. »Ich glaube, da kommt dein Sohn. Er wirkt ziemlich aufgebracht.«

»Tatsächlich?« Lina trat ebenfalls ans Fenster, doch da war Tom bereits im Hauseingang verschwunden. Augenblicke später klingelte es an ihrer Tür.

»Hallo, mein Lieber«, begrüßte sie ihn, als er die kleine Wohnung betrat. »Ich hatte ja gar nicht mit dir gerechnet.« Etwas verlegen drehte sie sich zu dem Mann um, der noch immer im Wohnzimmer stand. »Aber wenn du schon hier bist, bringen wir es am besten gleich hinter uns.«

»Mutti ...«, setzte Tom an, da jedoch der Nachbar seiner Mutter bereits auf ihn zu trat, verstummte er wieder.

»Heinz-Georg, dies ist mein Sohn Tom«, sagte Lina. »Tom, ich möchte dir Heinz-Georg vorstellen. Er ist ...«

»Dein Nachbar. Das hattest du mir doch schon erzählt.«

»Ja, sicher.« Lina errötete. »Da ist allerdings noch etwas ...«

Tom hob überrascht die Augenbrauen. »Was denn noch?«

Heinz-Georg räusperte sich umständlich und strich sich fahrig durch sein kurzes, graues Haar. »Es freut mich, Sie kennenzulernen, Tom. Ich hoffe, wir werden gut miteinander auskommen.«

»Sicher, warum auch nicht?« Fragend blickte Tom auf seine Mutter, die verlegen an ihrer Bluse herumzupfte. »Stimmt etwas nicht?«

»Weißt du, Tom«, begann sie schließlich mit einem zarten Lächeln. »Wir waren gerade dabei uns zu überlegen, eine größere Wohnung im zweiten Stock zu mieten.«

»Eine größere Wohnung?«

»Wir möchten zusammenziehen.« Lina atmete hörbar ein und aus. »Und heiraten.« Dann lächelte sie wieder. »Du wirst also tatsächlich bald deinen guten Anzug brauchen.«

»Wie bitte?« Fassungslos blickte Tom zwischen seiner Mutter und Heinz-Georg hin und her.

»Sei mir bitte nicht böse, dass ich nicht schon früher mit dir darüber gesprochen habe.«

»Früher? Ihr kennt euch doch erst seit ein paar Tagen!«

»Wochen«, korrigierte Heinz-Georg lächelnd und trat neben Lina, um ihre Hand zu nehmen. »Es sind schon ein paar Wochen.«

»Und schon wollt ihr heiraten.« Um diese Nachricht zu verdauen, ließ sich Tom erst einmal auf einen Stuhl sinken.

Lina setzte sich ihm gegenüber; Heinz-Georg nahm neben ihr Platz. »Weißt du, Junge, in unserem Alter halten wir es nicht für angebracht, lange zu warten. Bist du sehr verärgert?«

Irritiert schüttelte Tom den Kopf. »Nein, Mama, ich bin nur so überrascht. Ich wäre nie auf die Idee gekommen, dass du ...«

»Was? Dass ich mich verlieben könnte?« Lina lachte erheitert. »Dieses Privileg habt ihr jungen Leute nicht allein für euch gepachtet. Abgesehen davon halte ich den Zeitpunkt für wunderbar passend.«

»Ach ja?«

»Ja, denn wenn ich mich nicht sehr täusche, wirst auch du nicht mehr lange allein bleiben. Wenn ich mich nicht mehr ständig um dein fehlendes Privatleben sorgen muss, kann ich mich endlich auch mal auf meines konzentrieren.« Sie kicherte, wurde jedoch sogleich wieder ernst, als sie sah, wie sich Toms Miene verfinsterte. Sie griff nach seiner Hand. »Was ist los, Tom?«

Tom starrte auf die Platte des kleinen Esstischs, dann hob er den Kopf und blickte Lina ernst in die Augen. »Das frage ich dich, Mutter.«

»Oh!« Lina kräuselte die Lippen. »Wenn du mich plötzlich *Mutter* nennst, stehen die Zeichen auf Sturm. Sag schon, was ist los? Was habe ich falsch gemacht?«

»Das wüsste ich gern. Hast du in letzter Zeit mit Tessa gesprochen?«

»Mit Tessa? Nicht, dass ich ... Oh, natürlich! Vor einigen Wochen war ich bei ihr im Laden. Nachdem du mir erzählt hattest, dass du sie wiedergesehen hast, war ich doch so neugierig. Ich musste sehen, was aus ihr geworden ist.« Lina hielt kurz inne. »Ich war sehr von ihr beeindruckt. Deshalb hoffe ich ja, dass ihr ...«

»Sie behauptet, du habest sie vor mir gewarnt.« In Toms Stimme war eine deutliche Schärfe getreten. »Ist das wahr?«

»Gewarnt?« Verwirrt schüttelte Lina den Kopf. »Wie käme ich denn dazu? Ich habe nur ... O je, hat sie das vielleicht in den falschen Hals bekommen?«

Argwöhnisch beugte Tom sich über den Tisch. »Was hast du ihr gesagt?«

»Nichts Schlimmes.« Lina biss sich auf die Lippen. »Das heißt ... Herrje, wahrscheinlich hat sie geglaubt ...«

»Was?« Toms Stimme klang messerscharf.

Lina zuckte zusammen. »Du weißt, dass ich eurer Beziehung damals sehr skeptisch gegenüberstand. Tessa wusste es natürlich auch. Das war der Hauptgrund, weshalb ich sie aufgesucht habe. Nicht, dass ich deinem Urteil nicht vertraue, Tom, aber als Mutter macht man sich nun mal

Sorgen. Ich war sehr erleichtert, als ich erkannte, was für eine Frau sie geworden ist.«

»Deshalb musstest du sie vor mir warnen?«

»Himmel, nein, das habe ich doch gar nicht.« Erregt legte Lina eine Hand an ihre Wange.

»Liebes, du solltest dich nicht so aufregen«, unterbrach Heinz-Georg sie. »Dein Herz …«

»Mit meinem Herzen ist alles in Ordnung«, wehrte Lina ab. »Aber ich fürchte …« Wieder hielt sie inne. »Tom, hat sie es dir mittlerweile gesagt?«

»Was gesagt?« Verwundert legte er den Kopf auf die Seite.

»Ach je, das hatte ich befürchtet.« Unsicher strich sich Lina eine Strähne ihres weißen, welligen Haars hinters Ohr. Dann seufzte sie. »Das wird sie mir jetzt vermutlich sehr übel nehmen.«

»Du sprichst in Rätseln, Mutter.«

Lina hob den Kopf und blickte ihren Sohn eindringlich an. »Hast du nicht bemerkt, dass Lukas dir sehr ähnlich sieht?«

»Lukas?«, fragte Tom verständnislos. »Was hat das mit ihm zu tun?«

Lina seufzte erneut. »Alles, vermute ich. Du magst den Jungen, oder?«

»Ja, natürlich. Er ist …«

»Dein Sohn.«

Tom klappte den Mund zu und schwieg einen Moment. »Woher weißt du das?«

Lina nahm wieder seine Hand. »Abgesehen davon, dass man es kaum übersehen kann, hat Tessa es mir bestätigt.«

»Dir hat sie es also gesagt.«

»Tom, du darfst ihr nicht böse sein, dass sie ...«

»Habe ich denn gesagt, dass ich böse bin?«, fuhr Tom sie an.

Dann atmete er tief durch. »Ich hatte es mir schon gedacht. Mir gewünscht«, setzte er hinzu. »Sie hat nicht darüber gesprochen, aber ein bisschen rechnen kann ich auch.« Er fuhr sich erregt durchs Haar.

»Sie wollte dich nicht mit dem Kind belasten«, sagte Lina mit sanfter Stimme. »Das ist bewundernswert ... und dumm. Du hättest ein Recht darauf gehabt, es zu wissen.«

»Ich habe sie damals verlassen.«

»Stimmt. Niemand kann heute sagen, ob es etwas geändert hätte, wenn du von dem Kind erfahren hättest. Damals war ich froh, dass du nach Amerika gingst, um deinen Traum zu verwirklichen. Ich weiß nicht, ob ich anders darüber gedacht hätte, wenn ich gewusst hätte ... Vielleicht hätte ich sie dafür verurteilt.«

»Glaubst du, sie wollte mir das Kind anhängen, um mich zu halten?« Tom runzelte erbost die Stirn.

»Nein, dass es nicht so gewesen ist, hat sie schließlich bewiesen. Aber natürlich weiß ich auch, dass du sie nur schweren Herzens zurückgelassen hast. Du musstest ihr wehtun, mehr noch, als wir damals geahnt haben. Doch auch sie hat dir Schmerz zugefügt.«

»Mir?«

Lina lachte trocken auf. »Ja, glaubst du denn, ich wüsste nicht, wie sehr du versucht hast, sie nach deiner Rückkehr wiederzufinden?«

Tom schwieg nachdenklich. »Sie wollte nicht gefunden werden.«

»Und hat dich damit verletzt.« Lina stand auf und trat ans Fenster. Ihr Blick schweifte über die winterlich kahlen Äste der Bäume im Stadtpark, in denen die Lämpchen von Lichterketten vorweihnachtliches Licht in den frühen Abend zauberten. »Ich sagte ihr, dass ich mir wünsche, dass ihr einander nicht noch einmal so wehtut. Das muss sie falsch verstanden haben. Ist sie sehr böse auf mich?«

»Das weiß ich nicht. Sie ist weg.«

Überrascht drehte Lina sich um. »Was meinst du mit weg?«

Diesmal war es an Tom zu seufzen. Erschöpft stützte er den Kopf in seine Hände. Dann erzählte er seiner Mutter und Heinz-Georg, was auf der Weihnachtsfeier vorgefallen war.

20. Kapitel

»Pierre, es tut mir leid, dass ich dich so kurz vor Weihnachten mit dem Laden alleingelassen habe.« Tessa wickelte eine Haarsträhne um ihren Finger, während sie sprach. »Aber ich musste einfach raus. Zuhause hätte ich es keinen Moment mehr länger ausgehalten.«

»Ist schon gut, Schatz«, kam Pierres beruhigende Stimme vom anderen Ende der Leitung. »Roland hat Urlaub und hilft mir mit den Auslieferungen. Ich glaube, das macht ihm richtig Spaß. Na ja, ist ja auch was anderes als die trockene Büroarbeit in der Spedition.«

»Ich hätte trotzdem nicht einfach wegfahren dürfen.«

Tessa seufzte. »Morgen bin ich wieder zurück. Dann kannst du am Heiligen Abend freimachen.«

»Ach was, vergiss das gleich wieder! Ich werde dich doch an Heiligabend nicht allein im Laden stehenlassen.«

»Das ist nur gerecht. Immerhin hast du jetzt auch alles am Hals.«

»Ich bin gerne für dich da, das weißt du doch.« Pierre schwieg kurz. »Tom war schon zweimal im Laden und hat nach dir gefragt.«

»Ich will nichts davon hören.« Tessas Stimme begann leicht zu zittern.

»Ich habe ihm nicht gesagt, wo du bist.«

»Danke.«

»Sophie hat mir erzählt, was passiert ist. Tessa ...«

»Was?«

Pierre druckste ein wenig herum. »Tom sah wirklich verzweifelt aus. Ich kann mir nicht vorstellen, dass er sich dir gegenüber so hinterhältig verhalten haben soll. Ich hatte eher den Eindruck, dass er gar nicht weiß, weshalb du mit ihm Schluss gemacht hast.«

Tessa schnaubte. »Er weiß es ganz genau, glaub mir. Wenn er jetzt das Unschuldslamm spielt oder ein schlechtes Gewissen hat, kann ich es auch nicht ändern.«

»Ich soll dir ausrichten, dass er mit dir reden will.«

»Ich will aber nicht mit ihm reden, Pierre.«

»Schon gut, Tessa.« Pierres Stimme klang besänftigend. »Du musst selbst wissen, was du tust. Aber darf ich dir einen Rat geben?«

»Wenn es sein muss.«

»Es muss sein, jedenfalls glaube ich das.« Pierre hielt kurz inne. »Du solltest noch einmal mit ihm reden. Nein, hör mir zu! Tu es um Lukas willen. Tom hat ein Recht darauf zu erfahren, dass er einen Sohn hat. Und abgesehen davon sollte auch Lukas wissen, dass Tom sein Vater ist.«

Tessa schluckte. »Ich weiß, Pierre. Das wäre nur fair den beiden gegenüber. Doch ich ...«

»Dass es dir schwerfällt, ist mir klar. Aber du musst es tun, Tessa. Und bald, wenn Tom wirklich vorhat, im Januar fortzugehen.«

»Ich will nicht, dass er sich zu irgendetwas verpflichtet fühlt. Wir sind die letzten zehn Jahre allein zurechtgekommen und werden es auch in Zukunft.«

»Weißt du was, Tessa, du bist ganz schön verbittert.« Pierres Ton wurde unversehens scharf. »Und du hast Angst. Frag dich mal wovor!«

Verdutzt starrte Tessa ihr Handy an. Pierre hatte einfach aufgelegt.

Erschöpft ließ sie sich auf ihr Hotelbett sinken und blickte sich in dem kleinen, sauberen Zimmerchen um. Plötzlich fragte sie sich, was sie hier zu suchen hatte, einen Tag vor Heiligabend. Pierre hatte recht – sie war verbittert und hatte Angst.

Ihre Finger zuckten, beinahe hätte sie erneut nach ihrem Handy gegriffen. Stattdessen stand sie wieder auf, straffte die Schultern und begann, ihren Koffer zu packen. Eine halbe Stunde später saß sie bereits am Steuer ihres Wagens und lenkte ihn durch die mit unzähligen Sternen und Lichterketten geschmückte Innenstadt Münchens in Richtung Autobahn.

Dabei lauschte sie mit einem Ohr dem Wetterbericht im Radio, der für den heutigen Tag heftige Schneefälle meldete.

Tom war noch niemals so froh gewesen, dass die letzte Schulstunde vor den Ferien vorbei war. Er hatte sich kaum noch auf den Unterricht konzentrieren können, denn in seinem Kopf kreiste ständig die Frage, ob er noch einmal versuchen sollte, mit Lukas zu sprechen. Die letzten Tage kamen ihm vor wie die Hölle, weil er zum Warten und Nichtstun verurteilt war. Niemand – weder Sophie noch dieser Pierre aus Tessas Laden – war bereit gewesen, ihm zu sagen, wo Tessa steckte. Er hatte es schließlich sogar bei ihren Eltern versucht, doch die behaupteten, sie wüssten gar nicht, dass ihre Tochter weggefahren sei. Ihre Mutter erschien jedoch zumindest nicht mehr so abweisend wie noch vor fünf Jahren. Vielleicht hatte sie sogar Mitleid mit ihm, denn sie hatte versprochen, bei ihrer Tochter ein gutes Wort für ihn einzulegen. Inzwischen waren jedoch bereits drei Tage vergangen, und er war noch immer vollkommen ratlos.

Als er sein Auto vor seine Garage lenkte, sah er Lukas auf den Stufen zur Haustür sitzen. Der Junge sprang auf und rannte ihm entgegen. »Hallo, Tom!«

Ohne zu zögern, nahm er Lukas in die Arme. »Hey, Sportsfreund. Wo kommst du denn her?« Prüfend sah er dem Jungen in die Augen und erkannte sich selbst darin. Sein Herz machte einen freudigen Satz.

Lukas zuckte mit den Schultern. »Ich bin mit dem Bus hergefahren. Mama will das eigentlich nicht, aber sie ist ja nicht da.«

»Du bist einfach weggelaufen?«

»Nö, gleich von der Schule bin ich hergekommen.« Lukas schniefte ein bisschen und blickte zu Tom auf. »Darf ich mit Ruprecht spielen?«

»Komm erst mal ins Warme.« Tom schloss die Haustür auf. Sogleich stürzte Ruprecht auf Lukas zu und sprang freudig kläffend an ihm hoch. Der Junge lachte und streichelte ihn.

»Hör zu, Lukas.« Tom legte ihm eine Hand auf die Schulter. »Ich muss dich nach Hause bringen. Sophie wird sich Sorgen machen, wenn du nach der Schule nicht heimkommst.«

»Mir doch egal.« Plötzlich lag ein trotziger Zug um Lukas' Mund. »Warum darf ich nicht mehr zu dir und in den Sportverein? Mama und Sophie sind so gemein.«

»Wo ist deine Mutter hingefahren?« Tom führte Lukas in die Küche und hob ihn auf einen der hohen Barhocker am Tresen.

»Auf so eine Fortbildung. Da lernt sie irgendwas über ...« Lukas kniff angestrengt die Augen zusammen. »Irgendwas über Marketing. Keine Ahnung, was das ist.«

Tom merkte auf. »Weißt du, wo diese Fortbildung stattfindet?«

»Nein, hat sie mir nicht gesagt. Sonst sagt sie mir immer alles. Aber sie ruft jeden Abend an, und sie hat mir fest versprochen, morgen wieder nach Hause zu kommen, weil doch Weihnachten ist.«

»Weißt du, was auf der Weihnachtsfeier passiert ist?«, fragte Tom eindringlich.

Doch Lukas schüttelte den Kopf. »Als du mich angerufen hast, war Sophie ganz schön sauer. Sie hat mir mein Handy weggenommen. Heute Morgen hat sie es mir dann aber zurückgegeben und gesagt, ich soll nicht mit dir sprechen. Warum nicht, Tom? Du bist doch mein Freund, oder?«

»Natürlich bin ich das.« Zärtlich strich Tom dem Jungen über das blonde Lockenhaar. *Und sogar noch viel mehr*, dachte er bei sich, wusste aber in diesem Moment, dass er es dem Jungen nicht sagen würde. Noch nicht. »Ich verspreche dir, dass ich die Sache mit deiner Mutter klären werde.«

»Ich dachte, ihr habt euch lieb.«

Tom nickte mit ernster Miene. »Stimmt, ich habe deine Mama sehr lieb.«

»Aber sie ist böse auf dich.«

»Ziemlich böse, wie es aussieht. Ich weiß nur noch nicht warum.« Noch einmal strich er Lukas über den Kopf. »Ich muss jetzt Sophie anrufen und ihr sagen, dass du hier bist. Und dann bringe ich dich nach Hause.«

»Aber ...«

»Vertrau mir, Lukas. Wir kriegen das schon wieder hin.«

»Okay.« Lukas sah nicht sehr überzeugt aus. »Ich geh solange mit Ruprecht spielen.«

Tom griff nach dem Telefon, wählte und wartete angespannt, bis er Sophies Stimme vernahm.

»Sophie? Hier ist Tom. Leg nicht auf! Ich muss dir ...«

»Was willst du, Tom? Ich habe dir gesagt, dass du uns in Ruhe lassen sollst.« Sophie hielt einen kurzen Moment inne. »Ich muss die Leitung freihalten. Lukas ist nach der Schule nicht nach Hause gekommen, deshalb ...«

»Er ist hier.«

»Was?«

»Lukas ist bei mir«, erklärte Tom und hörte, wie Sophie aufatmete. Ihre Stimme verriet jedoch nichts von ihrer Erleichterung.

»Schick ihn nach Hause. Tessa will nicht, dass er weiter Kontakt zu dir hat.«

»Er ist zu mir gekommen, Sophie. Hätte ich ihn hinauswerfen sollen?«

»Nein, natürlich nicht. Er hängt an dir, da kann man nichts machen.«

»Ich verstehe nicht, was daran so schlimm sein soll, Sophie.« Tom senkte seine Stimme, weil er nicht genau wusste, wo Lukas sich gerade befand und ob er ihn hören konnte. »Warum sollte Lukas nicht an seinem Vater hängen?«

Am anderen Ende der Leitung wurde es still. Dann hörte er Sophie laut ausatmen. »Seit wann weißt du es?«

»Spielt das eine Rolle?« Tom bemühte sich weiterhin, leise zu sprechen. »Sophie, wo ist Tessa?«

»Sie will nicht, dass ich es dir sage, und ich respektiere ihren Wunsch«, antwortete Sophie spröde. »Und das solltest du auch. Wenn du schon ihre Gefühle mit Füßen trittst, solltest du wenigstens erkennen, wann es genug ist, Tom.«

Tom runzelte die Stirn. »Wovon sprichst du überhaupt, Sophie? Was habe ich Tessa denn so Schlimmes angetan? Aus heiterem Himmel beschimpft sie mich, bricht den Kontakt zu mir ab ... Glaubst du nicht, dass ich wenigstens das Recht habe zu erfahren, weshalb ich der Mistkerl bin, als den sie mich bezeichnet hat? Und Lukas hat dieses Recht ebenfalls, will ich hinzufügen. Ist dir eigentlich klar, wie durcheinander er ist?«

Sophie stieß einen empörten Laut aus. »Willst du Lukas jetzt etwa als Druckmittel benutzen?«

Tom schüttelte den Kopf. »Um Himmels willen, Sophie, das ist doch Unsinn. Ich will lediglich ...«

»Tom? Tom!« Lukas kam in die Küche gerannt. »Komm schnell, Ruprecht ist weg!«

»Was?« Tom fuhr zu ihm herum. »Wieso weg? – Entschuldige, Sophie ...«

»Die Haustür stand ein Stückchen auf«, berichtete Lukas aufgeregt. »Ich hab draußen überall geguckt, aber er ist weg. Wir müssen ihn suchen!«

»Tom?«, kam Sophies Stimme aus dem Telefon. »Was ist los?«

Tom hob beschwichtigend die Hand in Richtung des Jungen. »Sophie, hör zu, ich kann jetzt nicht weiter reden. Anscheinend ist Ruprecht ausgebüxt. Wir müssen ihn suchen.«

»Bring Lukas nach Hause!«, forderte Sophie.

»Verdammt, Sophie, das geht jetzt nicht!« Nun riss auch Toms Geduldsfaden. »Wir suchen jetzt erst mal nach dem Hund. Ich kann ihn ja nicht allein da draußen herumlaufen lassen. Er könnte überfahren werden oder ...« Mit einem Blick auf Lukas' entsetztes Gesicht verstummte er. »Du weißt, wie sehr dein Neffe an Ruprecht hängt. Ich bringe Lukas später nach Hause.«

»Aber ...« Sophie fluchte leise, doch Tom legte einfach auf.

21. Kapitel

»O je, o je, doch nicht jetzt schon!«, rief der Weihnachtsmann erschrocken und drückte den Alarmknopf, ohne den Blick von Bildschirm neun abzuwenden. »Du hättest doch bis morgen warten sollen, Ruprecht! Wenn du jetzt schon wegläufst ...«

»Was ist los, Santa?« Außer Atem kam Elf-Siebzehn ins Büro gerannt; in der Hand hielt er den Pieper, über den ihn der Alarm erreicht hatte. »Gibt es ein Problem?«

»Und was für eins!«, rief Santa Claus und deutete aufgeregt auf den Bildschirm. »Sieh dir das an. Das vereitelt unseren ganzen schönen Plan. Tessa ist doch noch gar nicht von ihrer Reise zurück!«

Der Elf trat an den Bildschirm heran und beobachtete eine Weile, was sich darauf abspielte. »Ruprecht, du Schussel!«, rief er. »So was Ärgerliches. Bestimmt hat er sich im Datum geirrt, Santa. Aber woher soll ein Hund auch wissen, dass Heiligabend erst am 24. Dezember ist?«

»Was machen wir denn jetzt?« Ratlos kratzte sich der Weihnachtsmann am Kopf. »Elf-Dreizehn hat meinen Schlitten schon vorbereitet, und Elf-Zwölf poliert und fettet gerade das Geschirr der Rentiere. Ich habe jetzt keine Zeit mehr, mir einen neuen Plan auszudenken.«

»Ich weiß auch nicht ...« Elf-Siebzehn griff nach der Steuertastatur und tippte darauf herum. »Uns muss eben ganz schnell etwas Neues einfallen.« Als eine andere Szene auf dem Bildschirm erschien, stutzte er. »Hey, Santa, schau mal! Da tut sich was ...« Strahlend hob der Elf den Kopf. »Vielleicht war Ruprechts Frühstart doch nicht so dumm. Entschuldige, Santa, ich muss los.«

»Was hast du vor?«, rief Santa ihn hinterher.

Schon halb aus dem Büro drehte der Elf sich noch einmal um. »Na was schon? Ich werde versuchen, dem Jungen dort unten das Weihnachtsfest zu retten.«

22. Kapitel

»Ist Sophie böse auf mich?«, wollte Lukas wissen, während er neben Tom über den schmalen Weg in Richtung Wald lief. »Weil ich einfach hierhergekommen bin?«

»Nein, Lukas, ich glaube, sie ist eher sauer auf mich!«, antwortete Tom und blickte sich suchend um. Auf dem asphaltierten Wirtschaftsweg waren keinerlei Spuren zu erkennen. Auch rund ums Haus hatten sie keine Pfotenabdrücke gefunden. Tom konnte sich beim besten Willen nicht vorstellen, wohin Ruprecht verschwunden sein könnte. Dass der Hund überhaupt weggelaufen war, erstaunte ihn. Ruprecht war kein Streuner; auch seiner Mutter war er früher nie ausgebüxt.

»Warum denn auf dich? Du hast doch gar nichts gemacht.« Lukas rannte ein Stückchen voraus bis zum Waldrand. »Ruuupreeecht!«, rief er so laut er konnte, dann lauschte er. Außer dem Krächzen einiger Krähen war jedoch nichts zu hören.

Tom ging nicht auf die Frage des Jungen ein. »Ich glaube nicht, dass er in den Wald gelaufen ist«, sagte er stattdessen. »Wir hätten ihn doch auf dem Weg sehen müssen. So lange ist er noch nicht weg. Vielleicht ist er die Straße entlanggelaufen.«

»Zu Mario und Paula vielleicht?« Hoffnung glomm in Lukas' Augen auf.

Tom nickte. »Das könnte sein. Warte, ich rufe sie an und frage, ob er bei ihnen ist.« Rasch zog er sein Handy hervor und wählte Leons Nummer.

»Marbach«, meldete sich Hannah.

»Tom hier. Hör mal, ist Ruprecht vielleicht bei euch?«

»Bei uns?«, fragte Hannah erstaunt. »Nicht dass ich wüsste. Warum? Ist er dir weggelaufen?«

»Es sieht so aus.«

»Wann?«

»Noch nicht lange, vielleicht eine Viertelstunde.«

Tom hörte es rascheln, dann leise Stimmen im Hintergrund.

»Tom? Ich habe Mario gefragt. Er hat Ruprecht nirgends gesehen. Sollen wir dir bei der Suche helfen?«

»Nein, lasst nur. Lukas hilft mir. Ich melde mich ...«

»Lukas?«, unterbrach Hannah ihn. »Ist er bei dir? Ich dachte, Tessa hat ...«

»Jetzt nicht, Hannah.« Tom warf Lukas einen kurzen Blick zu, der konzentriert über die Felder schaute. »Wir suchen weiter.« Er unterbrach die Verbindung und legte Lukas eine Hand auf die Schulter. »Dort ist er nicht«, sagte er. »Ich denke, wir sollten zurückgehen. Vielleicht ist er ja von seinem Ausflug schon zurück und sitzt jetzt vor der Haustür und wartet auf uns.«

Tessa stellte ihren Wagen auf dem kleinen Parkplatz vor ihrem Haus ab und lehnte sich seufzend zurück. Sie hatte die fast fünfstündige Fahrt ohne Pause hinter sich gebracht und war gerade rechtzeitig vor Einsetzen des Schneefalls angekommen. Inzwischen segelten dicke weiße Flocken vom Himmel und legten sich wie Watteflusen auf Straßen, Dächer und Autos. Einen Moment lang schloss sie die Augen, um sich zu sammeln und für das vorzubereiten, was ihr nun bevorstand. Sie musste mit Lukas reden und danach mit Tom. Beides würde nicht einfach werden, aber sie hatte sich die Worte auf der Fahrt genau zurechtgelegt. Sie würde beiden die Wahrheit sagen, wollte aber gleichzeitig klarstellen, dass sie an Tom keinerlei Ansprüche stellte. Sie würde ihm und seinen Träumen nicht im Wege stehen, ebenso wenig wie vor zehn Jahren. Wenn er weiterhin Kontakt zu Lukas wünschte, konnte sie ihm das nicht verwehren, aber sie würde versuchen, ihm klarzumachen, dass sie für Lukas keinen Vater auf Distanz wollte. Mit den richtigen Argumenten würde Tom das sicher verstehen und ihr recht geben. Und danach würden sich ihre Wege endgültig trennen.

Als es laut an der Windschutzscheibe klopfte, schreckte Tessa hoch. Sie erkannte Pierre und stieg eilig aus.

»Tessa, ich dachte, du kommst erst morgen«, begrüßte er sie und gab ihr einen Kuss auf die Wange. »Wie gut, dass du heute schon zurück bist.«

»Gibt es ein Problem im Laden?« Besorgt blickte Tessa zum Haus. »Gib mir zehn Minuten. Ich bringe den Koffer hoch, ziehe mich rasch um, dann bin ich sofort da und helfe dir.«

»Red keinen Unsinn.« Pierre winkte ab. »Du hast eine lange Autofahrt hinter dir. Es gibt aber, glaube ich, ein anderes Problem. Deine Schwester ist vor einer halben Stunde weggefahren, um Lukas abzuholen.«

Tessa wurde blass. »Von wo denn? Ist ihm etwas zugestoßen?«

»Das nicht.« Pierre schüttelte den Kopf. »Er ist bei Tom.«

»Bei Tom?«

»Anscheinend ist er nach der Schule zu ihm gefahren anstatt nach Hause. Sophie war wütend, glaube ich.«

»Wenn sie es war, dann sicher zu recht. Ich habe Tom gesagt, dass er sich von Lukas fernhalten soll.«

»Tessa, bist du wirklich so stur?« Pierres Stimme wurde wieder so scharf wie am Morgen. »Ich hielte es für angebracht, wenn du jetzt ebenfalls zu Tom fahren und endlich mit ihm reden würdest.«

Tessa nickte. »Du hast ja recht, Pierre.«

»Ach ja?« Erfreut hob er den Kopf.

»Ich werde mit Tom reden und die Sache klarstellen. Und in ein paar Wochen ist er dann weg, und wir können unser altes Leben wieder aufnehmen.«

Pierre blitzte sie erbost an. »Interessiert es dich denn gar nicht, warum Lukas zu Tom gegangen ist?«

Tessa hatte sich bereits abgewandt und drehte sich nun abrupt wieder um. »Verdammt, Pierre, ich weiß, dass er an Tom hängt. Was soll ich denn machen? Ich kann ihn ja nicht anbinden.«

»Das sollst du ja auch gar nicht. Im Gegenteil.« Pierre raufte sich die Haare. »Meine Güte, ist dir vielleicht schon mal der Gedanke gekommen, dass du Tom bitten könntest, hierzubleiben? Oder dass ihr auch mit ihm nach Amerika gehen könntet?«

Tessa rang nach Atem und starrte ihn fassungslos an. Langsam ging Pierre auf sie zu und nahm ihre Hände. »Du liebst Tom doch. Warum machst du es dir so schwer? Was macht dir denn solche Angst, Tessa?«

Als sie schwieg, zog er sie einfach an sich und drückte sie kurz. »Bist du wirklich so wütend auf ihn, weil er weggeht, oder fürchtest du dich davor, dass er tatsächlich bleiben könnte, wenn du ihn darum bittest?«

Tessa schluckte krampfhaft. »Er hat es mir verschwiegen, Pierre.«

»Vielleicht hatte er einen guten Grund dafür.«

»Ich kann ihm nicht vertrauen!«

»Du *willst* ihm nicht vertrauen.«

Ehe Tessa noch etwas darauf sagen konnte, schoss Sophies gelber Kleinwagen in die Parklücke neben Tessas Wagen. Sophie stieg aus und rannte fast auf Tessa zu. »Du bist schon zurück? Warum hast du denn nicht angerufen?« Ohne auf eine Antwort zu warten, winkte Sophie ab. »Du musst sofort mitkommen. Ich erwürge ihn, wenn ich ihn finde.«

»Was ist denn los?« Alarmiert blickte Tessa sich um. »Wo ist Lukas? Pierre sagte, du würdest ihn abholen.«

»Das wollte ich auch, aber Tom ist mit ihm verschwunden.«

»Wie bitte?« Pierre riss die Augen auf. »Hat er ihn etwa entführt?«

»Was?« Verblüfft sah Sophie ihn an. » Nein, natürlich

nicht. Am Telefon sagte er mir, sein Hund sei ihm weggelaufen und er wolle mit Lukas auf die Suche gehen. Ich bin zu seinem Haus gefahren, aber sie waren schon fort. Danach habe ich die Gegend abgesucht – keine Spur von ihnen.«

Tessa atmete auf, biss sich zugleich aber besorgt auf die Lippen. »Ruprecht ist ausgerissen? Er läuft doch sonst niemals weg.«

Pierre stemmte die Hände in die Seiten. »Vielleicht solltest du ihnen beim Suchen helfen.«

Sie blickte ihn an. »Vielleicht sollte ich das.«

»Du willst bei der Suche helfen?« Verblüfft starrte Sophie sie an. »Warum das denn?«

»Weil das die beste Gelegenheit ist, reinen Tisch zu machen«, erklärte Pierre. »Sie will Tom endlich die Wahrheit sagen.«

»Oh.« Sophie runzelte die Stirn. »Tessa, er weiß es schon.«

Tessa wurde blass. »Woher?«

»Keine Ahnung. Wahrscheinlich hat er einfach zwei und zwei zusammengezählt.«

»Ein Grund mehr, so bald wie möglich mit ihm zu reden«, stellte Pierre fest.

»Ist ja gut.« Unfreundlich funkelte Tessa ihn an. »Du brauchst mich nicht so zu drängen. Ich weiß selbst, was ich tun muss.«

»Na hoffentlich. Dann tu es endlich!«

23. Kapitel

»Da bist du ja, Ruprecht.« Elf-Siebzehn landete vor dem kleinen Hund, der unweit von seinem Zuhause unter einem Busch hockte. Freudig wedelte er dem Elf zu. Dieser setzte sich neben ihn und gab ihm einen Hundekuchen. »Du bist ein Schussel«, sagte er in der Hundesprache. »Morgen hättest du erst weglaufen sollen. Heute ist doch noch gar nicht Heiligabend.«

Ruprecht hob erstaunt den Kopf und klappte die Ohren zur Seite. *Zu früh?*, fragte er.

Elf-Siebzehn tätschelte Ruprechts Kopf. »Schon gut, ist nicht schlimm. Wir mussten nur unsere Pläne ein bisschen ändern. Und vielleicht haben wir jetzt sogar noch mehr Glück. Schau!« Der Elf zog einen kleinen, tragbaren Empfänger aus der Tasche, der mit einem kleinen LCD-Bildschirm versehen war. »Sie sind schon auf dem Weg. Es könnte also klappen.« Er steckte den Empfänger wieder ein und stand auf. »Komm, Ruprecht, ich weiß, was wir jetzt machen.«

Der Hund sprang ebenfalls auf die Füße und folgte dem Elf bereitwillig. *Wohin?*, fragte er.

Elf-Siebzehn grinste. »Wart's ab. Wir müssen nur noch ein bisschen Zeit schinden, damit mein Plan funktioniert.« Er griff wieder in eine seiner Taschen und zog ein Handy daraus hervor. Rasch wählte er eine Nummer. »Elfe-Drei? Seid ihr bereit? Okay, ich weiß jetzt, wie wir es machen. Kannst du ein paar Störsignale ins Handynetz einspeisen?«

24. Kapitel

Tom und Lukas waren fast eine Stunde lang die Straßen am Stadtrand abgelaufen, hatten Passanten befragt und in jeden Winkel geschaut, doch Ruprecht blieb verschwunden. Schließlich hatten sie die Suche mit dem Auto fortgesetzt, jedoch noch immer keinen Erfolg gehabt. Zu allem Überfluss hatte es auch noch angefangen, heftig zu schneien. Die Temperatur lag knapp unter dem Gefrierpunkt, so dass die weiße Pracht liegenblieb und Tom schließlich umkehren musste.

»Ich will aber weitersuchen«, beharrte Lukas und rieb sich die verheulten Augen. »Vielleicht erfriert er, wenn er so lange draußen bleibt.«

»Lukas, ich kann jetzt nicht mehr weiterfahren«, widersprach Tom. »Das ist viel zu gefährlich. Die Straßen sind spiegelglatt. Wir müssen warten, bis die Räumfahrzeuge den Schnee weggeschoben und Salz gestreut haben.«

»Aber ...«

»Vielleicht ist Ruprecht ja längst wieder zu Hause.«

»Das hast du vorhin auch schon gesagt, und er war nicht da.« Lukas schniefte und schluchzte leise. »Warum ist er überhaupt weggelaufen? Das macht er doch sonst nicht.«

»Ich weiß es auch nicht.« Ratlos hob Tom die Schultern und lenkte seinen Wagen vorsichtig in die Straße, die zu einem Haus führte. »Vielleicht ist irgendwo eine Hündin läufig.«

»Und wenn er wirklich erfriert?«

»So schnell erfriert ein Hund nicht.«

»Oder überfahren wird?«

Darauf wusste Tom keine Antwort. »Komm, lass uns erst mal reingehen. Ich muss auch unbedingt Sophie anrufen. Es wundert mich, dass sie mir noch nicht die Bude eingerannt hat.« Er stellte seinen Wagen in die Garage, stieg aus und griff gleichzeitig nach seinem Handy. »Merkwürdig«, murmelte er. »Da geht nur die Mailbox ran.« Er versuchte es in Tessas Wohnung, ließ es lange klingeln, doch niemand hob ab.

Lukas war inzwischen auch aus dem Auto geklettert und hinter das Haus gerannt. Tom hörte ihn nach Ruprecht rufen, jedoch erklang auch diesmal kein freudiges Begrüßungsgebell.

Tom ging auf die Haustür zu, als er hinter sich das Geräusch eines Motors vernahm. Ein Auto hielt in der Auffahrt. Noch ehe er schalten konnte, rannte Lukas mit einem freudigen Schrei an ihm vorbei. »Mama!«

»Lukas!« Tessa sprang aus dem Wagen und eilte auf den Jungen zu. Fest zog sie ihn an sich. »Liebe Zeit, was machst du denn für Sachen? Du darfst doch nicht einfach weglaufen, ohne Sophie Bescheid zu sagen.«

»Ich bin nicht weggelaufen«, widersprach Lukas. »Ich wollte zu Tom und zu Ruprecht – und der ist jetzt weg. Wir müssen ihn suchen.«

»Also habt ihr ihn noch nicht gefunden?«

»Nein. Bestimmt hat er sich verlaufen und findet nicht mehr nach Hause. Und jetzt schneit es, und dann erfriert er!« Der Junge brach erneut in Tränen aus und lief wieder um das Haus in den Garten.

Tessa blickte ihm kurz nach, bevor sie sich Tom zuwandte,

der langsam auf sie zu kam und dann abwartend vor ihr stehenblieb. »Hallo, Tessa.«

»Tom.« Wie immer, wenn sie ihm so nahe war, machte ihr Herz einen Sprung. Sie bemühte sich um eine ruhige Stimme. »Ich muss mit dir reden.«

»Gut.« Er nickte. »Komm rein.« Rasch schloss er die Haustür auf und ließ Tessa den Vortritt. Während sie ihren Mantel auszog, ging Tom rasch zur Terrassentür und öffnete sie, damit Lukas ebenfalls hereinkommen konnte. Der Junge lief jedoch noch immer am Gartenzaun auf und ab und rief ein ums andere Mal nach Ruprecht.

»Also gut.« Tom drehte sich wieder zu Tessa um. »Sagst du mir jetzt endlich, was ich verbrochen habe?«

Tessa spürte, wie sich ihre Kehle zuschnürte. »Das weißt du doch selbst am besten, Tom. Tu nicht so, als ob ...«

»Himmelherrgott noch mal! Jetzt reicht es mir langsam.« Zornig trat Tom auf sie zu und schüttelte sie leicht. »Soll ich es dir vielleicht schriftlich geben? Ich habe keine Ahnung, was los ist. Seit Samstag versuche ich, mit dir zu reden, aber du hast es ja vorgezogen, dich irgendwo zu verstecken. Du und Sophie, ihr behandelt mich wie einen Schwerverbrecher. Gib mir endlich eine Erklärung dafür!«

Tessa schluckte hart und suchte nach Worten, aber all ihre sorgsam zurechtgelegten Sätze waren plötzlich wie weggefegt. Schließlich machte sie eine ausholende Geste. »Wirst du es verkaufen oder vermieten?«

»Was bitte?« Verblüfft starrte Tom sie an.

»Wenn du ausziehst«, präzisierte sie ihre Frage. »Wirst du das Haus dann verkaufen oder vermieten?«

»Warum sollte ich ausziehen?«

»Du ziehst weg?« Lukas stand plötzlich neben ihm und sah ihn mit großen Augen an. »Wohin denn?«

»Nein, ich ...« Irritiert blickte Tom von Lukas zu Tessa. »Wer behauptet denn, dass ich wegziehen will?«

Tessa zog die Stirn kraus und blickte ihn prüfend an.

»Wer?«, drängte er.

»Katrin. Sie ...« Tessa stockte. »Auf der Weihnachtsfeier.« Für einen Moment schloss sie die Augen, um sich zu sammeln, dann sah sie ihm wieder ins Gesicht. »Warum hast du es mir verschwiegen?«

»Katrin?« Tom fuhr sich durch die Haare. »Sie hat das behauptet?«

Tessa nickte. »Sie hat mir von dem Vertrag erzählt.«

»Was für ein Vertrag? Ich ... Himmel!« Tom fasste sich entsetzt an den Kopf. »Das darf doch wohl nicht wahr sein! Komm mal mit.« Er fasste sie am Arm und zog sie einfach mit sich in sein Arbeitszimmer. Dort ging er zum Schreibtisch und wühlte in einigen Papieren herum, die dort verteilt lagen. »Meinst du vielleicht diesen Vertrag?« Er hielt ihr ein Blatt Papier unter die Nase, auf dem oben in großen Lettern das englische Wort »Contract« prangte. »Oder vielleicht ... diesen?« Er hatte aus einem Papierstapel ein zweites Schreiben gezogen, das dem ersten sehr ähnelte. Mit gerunzelter Stirn trat er an den Papierkorb und zog ein drittes Blatt daraus hervor. »Oder möglicherweise auch diesen hier.«

Verblüfft starrte Tessa auf die drei Verträge. »Ich verstehe nicht ...«

»Aber ich verstehe so langsam.« Achtlos warf Tom alle drei Verträge in den Papierkorb. »Katrin hat also behauptet, ich hätte diesen – einen dieser Verträge – angenommen und würde demnächst wieder nach Amerika gehen. Ist es so?«

Tessa nickte beklommen.

»Und du bist ihr voll auf den Leim gegangen, was«, er hob abwehrend die Hand, als Tessa den Mund öffnete, »ich dir gar nicht zum Vorwurf machen will.«

»Nicht?«

»Tessa.« Tom setzte sich auf den Rand des Schreibtischs. »Hör zu! Glaubst du, ich weiß nicht, dass dein Vertrauen in mich auf verdammt wackeligen Beinen steht? Da ich jetzt weiß, was los ist, ist mir vollkommen klar, dass du ausgeflippt bist, als Katrin dir davon erzählt hat. Aber hättest du mir Gelegenheit dazu gegeben, dann hätte ich dir gleich sagen können, dass ich abgelehnt habe. Und die Absage habe ich übrigens am Samstag vor der Weihnachtsfeier zur Post gegeben.«

Tessa rang nach Atem. »Du hattest also nicht vor, wieder nach Amerika zu gehen?«

Tom lächelte. »Glaub mir, nichts liegt mir ferner. Wozu hätte ich mir hier dieses Haus bauen sollen, wenn ich es nicht bewohnen wollte? Diese Verträge«, er wies mit dem Kinn in Richtung des Papierkorbs, »schickt mir mein ehemaliger Manager seit Jahren mit schöner Regelmäßigkeit. Ich könnte inzwischen die Wände damit tapezieren.«

»O Gott. Es tut mir leid, Tom.« Tessa schlug die Hände vor den Mund und stöhnte auf. »Es tut mir leid, dass ich ... Es tut mir leid.« Sie trat auf ihn zu. »Ich muss mich bei dir entschuldigen, weil ich … Ich habe wohl überreagiert.« Sie seufzte. »Ich hoffe, du kannst mir verzeihen, vor allem im Hinblick auf Lukas. Ich weiß, ich hätte es dir von Anfang an sagen sollen, aber …« Erschrocken verstummte sie, weil ihr bewusst wurde, dass Lukas mittlerweile ebenfalls im Arbeitszimmer stand und ihnen neugierig lauschte.

Tom sah ihr eindringlich in die Augen. »Du bist überhaupt nicht auf die Idee gekommen, dass Katrin sich geirrt haben könnte.«

Tessa spürte erneut, wie sich ihre Kehle verengte. »Wie du schon sagtest, mit meinem Vertrauen dir gegenüber ist es nicht weit her. Ich kann einfach nicht … *will* nicht …«

»Ein Risiko eingehen?« Tom musterte sie weiterhin mit ernster Miene. »Du hättest mich bitten können zu bleiben.«

»Nein.« Tessa schüttelte den Kopf. »Ich konnte dich damals nicht halten und …«

»Und du glaubst, du kannst es auch heute nicht.« Tom schüttelte den Kopf. »Und jetzt willst du mir sagen, dass es aus ist, weil du dich zu sehr fürchtest, mir zu vertrauen.«

Tessa presste kurz die Lippen zusammen und kämpfte gegen ihre Gefühle an. »Tom, ich …«

»Aber das werde ich nicht zulassen«, fuhr Tom fort, ohne auf ihren Einwand zu achten. »Du kannst dich meinetwegen dagegen wehren, aber ich werde nicht weggehen, Tessa. Diesen Fehler habe ich einmal gemacht und ihn lange bereut. Lukas …«

»Er ist dein Sohn«, sagte Tessa mit zittriger Stimme. »Natürlich darfst du ihn sehen, wann immer du …«

»Verdammt! Hörst du mir eigentlich zu?« Mit einem Ruck

zog Tom sie an sich und schlang seine Arme um sie. »Ich will dich! Dich und Lukas. Ich liebe dich! Geht das endlich in deinen Kopf?«

»Nun glaub es ihm schon, Tessa«, kam eine amüsierte Stimme von der Tür her. »Wie lange soll er denn noch vor dir auf den Knien herumrutschen?«

Tom und Tessa fuhren erschrocken herum und starrten auf Lina, die lächelnd im Türrahmen stand. »Deine Terrassentür stand sperrangelweit offen«, erklärte sie. »Heinz-Georg hat ...«

»Ruprecht!«, schrie Lukas und rannte durch den kleinen Flur ins Wohnzimmer. »Du bist wieder da! Tom, Ruprecht ist wieder da!«

Der Hund bellte vergnügt und tobte wie ein Derwisch um Lukas herum. Lina warf ihnen einen kurzen Blick zu und winkte dann Heinz-Georg einladend zu, der ebenfalls im Wohnzimmer aufgetaucht war. Dann wandte sie sich wieder an Tom. »Hast du nicht gemerkt, dass Ruprecht weg war?«

»Wie bitte?« Tom schüttelte den Kopf. »Wir haben den ganzen Nachmittag nach ihm gesucht!«

»Tatsächlich?« Lina blinzelte erstaunt. »Er tauchte plötzlich vor dem Seniorenhaus auf und bellte wie verrückt, bis ich ihn bemerkte. Keine Ahnung, wie er mich dort gefunden hat. Ich habe zwei Stunden lang versucht, dich zu erreichen, Tom. Aber anscheinend sind die Handynetze gestört oder überlastet.« Sie hob die Schultern. »Also hat Heinz-Georg uns hierher gebracht. Anscheinend haben wir euch bei etwas unterbrochen.«

Tom lächelte. »Das hast du tatsächlich, aber wahrscheinlich ist das ganz gut so. Dann habe ich wenigstens ein paar Zeugen. Ich möchte nämlich ...«

»Es geht ihm gut«, jubelte Lukas und kam mit Ruprecht im Schlepptau zurück ins Arbeitszimmer. »Aber bestimmt hat er jetzt Hunger. Darf ich ihm was zu fressen geben ... Papa?« Er zögerte und legte den Kopf auf die Seite. »Du bist doch mein richtiger Papa, das hat Mama eben gesagt.«

Tom nickte lächelnd und ging auf Lukas zu. »Das bin ich. Wie findest du das?«

Anstelle einer Antwort schlang Lukas einfach seine Arme um Tom und drückte sich fest an ihn.

Tessa schluckte vernehmlich und kämpfte mit den Tränen. »Es tut mir so leid, Lukas.«

Der Junge drehte den Kopf und blickte sie erstaunt an. »Warum denn, Mama? Ich hab Tom doch lieb. Ich bin froh, dass er mein Papa ist.«

Lina kicherte, und auch Tessas Mundwinkel zuckten. »Das meine ich doch nicht, Schatz. Es tut mir leid, dass ich es dir nicht gleich gesagt habe.«

»Ach so.« Lukas winkte großzügig ab. »Ist doch egal. Hauptsache, er bleibt jetzt bei uns.« Etwas ängstlich schaute er zu Tom hoch. »Du bleibst doch bei uns, oder?«

»Ich möchte es gerne, Lukas. Aber das muss deine Mutter entscheiden.« Tom löste sich sanft von Lukas und ging zu seinem Schreibtisch zurück. »Eigentlich hatte ich das schon am Samstag vor.« Tom zog eine Schreibtischschublade auf und griff hinein. »Deswegen bin ich ja auch fast zu spät zur Weihnachtsfeier gekommen.« Er drehte sich wieder um; in der Hand hielt er eine kleine Schachtel mit dem Aufdruck des örtlichen Juweliers. »Tessa, ich wusste von Anfang an, dass du mehr brauchst als schöne Worte, um mir zu glauben, dass es mir diesmal ernst ist. Und der einzige Weg, der mir vielversprechend erscheint, ist ...« Mit einem leisen Schnippen ließ er den Deckel des Kästchens aufspringen.

»Oh! O mein Gott.« Lina schlug eine Hand vor den Mund.

»Cool!« Lukas schoss auf Tom zu und zog seine Hand mit dem Kästchen ein Stückchen zu sich herab, um den Inhalt besser sehen zu können. Rasch trat Lina dazu und zog Lukas mit sich. »Komm, mein Junge, wir kümmern uns mal schnell um Ruprechts Futter.«

»Aber ich will ...«

»Später, Schatz, später. Wir lassen die beiden jetzt mal kurz allein.«

Tessa starrte unverwandt auf den goldenen Ring mit dem glitzernden Brillanten. Ihr Herz schlug so heftig gegen ihre Rippen, dass sie glaubte, es müsse ihr aus der Brust springen. Kurz hob sie eine Hand, ließ sie jedoch gleich wieder sinken.

Tom trat nah an sie heran und strich ihr eine Haarsträhne hinter das Ohr. »Na, was sagst du?«, fragte er leise. Er nahm ihre Hand und schob ihr den Ring vorsichtig auf den Ringfinger. »Ist dir das Versicherung genug?« Sanft hob er ihr Kinn ein wenig an, da sie noch immer auf den Ring starrte und kein Wort herausbrachte.

»Du willst mich heiraten?«, fragte sie schließlich mit schwankender Stimme.

Tom küsste sie zärtlich auf die Lippen. »Wenn du mich lässt. Sag ja, Tessa.«

Wieder blinzelte Tessa die aufsteigenden Tränen weg, doch sie lächelte dabei. »Also gut, dann: ja.«

»Endlich«, murmelte Lina, die vom Wohnzimmer heimlich alles verfolgt hatte. Auch sie tupfte sich eine Träne aus den Augenwinkeln, dann lehnte sie sich an Heinz-Georg, der ihr daraufhin einen Arm um die Schultern legte.

»Darf ich jetzt wieder zu meinen Eltern?«, fragte Lukas mit einem breiten Grinsen.

25. Kapitel – Nachspiel

Lieber Weihnachtsmann,

ich weiß, heute ist der erste Weihnachtstag, und da schreibt man ja eigentlich keine Wunschzettel mehr. Und das hier ist auch gar keiner. Ich wollte Dir nur schnell Danke sagen, dass du mir dieses Jahr alle meine Wünsche erfüllt hat. Das ist echt cool von Dir. Sogar an die Fußballschuhe und das neue Bundesliga-Jahrbuch hast Du gedacht. Am allerbesten ist aber, dass ich jetzt einen richtigen, echten Papa habe. Mama und er wollen ganz bald heiraten, und Mama hat mir erklärt, dass ich, wenn ich will, dann auch Papas Nachnamen annehmen kann. Ein bisschen komisch wird das schon, wenn ich plötzlich Lukas Winkmann heiße und nicht mehr Lamberti. Aber cool ist es irgendwie schon.

Und einen Hund hab ich jetzt auch endlich! Papa sagt, ich muss mich ab sofort jeden Tag um Ruprecht kümmern und aufpassen, dass er nicht wieder die Klopapierrollen klaut. Das hat er gestern nämlich gemacht, als wir draußen waren, um schnell noch einen Weihnachtsbaum zu besorgen. Marios Papa, den ich jetzt Leon nennen darf, weil wir ja verwandt sind, hat uns gezeigt, wo wir noch einen finden. Danach haben wir ihn alle zusammen geschmückt. Das war sooo toll! Ruprecht hat eine der Krippenfiguren geklaut. Ich glaube, es war der heilige Josef. Wir konnten ihn aber gerade noch retten, bevor Ruprecht ihm den Kopf abgebissen hat. Und dann gab es nachmittags eine riesige Aufregung, weil Marios

Mama ins Krankenhaus kam und ihr Kind gekriegt hat. Es ist ein Junge, und er soll Christian heißen. Wir waren heute Morgen zu Besuch im Krankenhaus. Mann, so ein Baby ist vielleicht winzig klein!

Jetzt muss ich aber mit Schreiben aufhören, weil gleich Oma und Opa kommen und Oma-Lina und Opa Heinz-Georg und Sophie.

Also danke noch mal für alles. Ich hoffe, die Plätzchen, die ich Dir gestern hingestellt habe, haben Dir geschmeckt.

Wenn ich's mir so überlege, hätte ich doch noch einen Wunsch. Der hat aber Zeit bis zum nächsten Jahr. Aber vielleicht kannst du ihn Dir schon mal vormerken. Ich hätte gerne auch einen kleinen Bruder. Meinst Du, das geht? Ich versuche auch weiterhin, ganz brav zu sein und immer mein Zimmer aufzuräumen und beim Fußball so gut zu werden wie mein Papa. Mama sagt, das werde ich bestimmt, das liegt nämlich in der Familie.

Es grüßt Dich

Dein Lukas

P.S. Eine kleine Schwester wäre auch okay.